AF434064

# Cristian Steven Leal Rodríguez

# Lostville
# Vol. 1

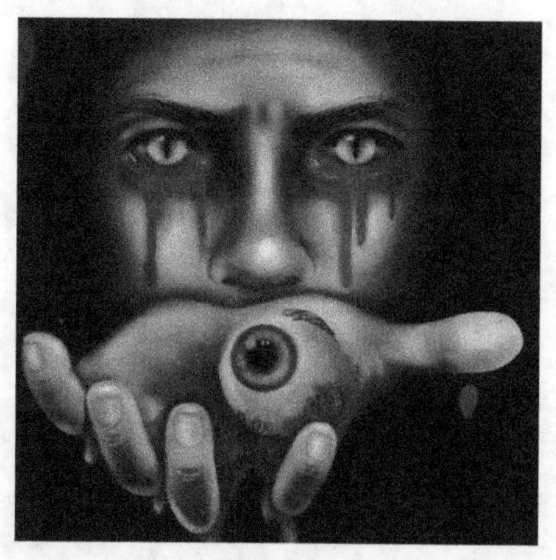

50 AÑOS | PIJAO EDITORES

*La trayectoria de nuestras vidas puede ser incierta, a veces estresante, a veces relajante y otras veces divertida, pero siempre será gratificante. Sea cual sea el destino, los pasos que damos nutrirán continuamente nuestro cuerpo y mente, haciéndonos crecer como seres pensantes; por ello este libro está dedicado a todas las personas que han pasado por mi vida, las buenas, las no tan buenas, las que han sido fugaces, a todas ellas. Todos aquellos que he conocido siempre están en mis recuerdos, en mi interior, en mi mente, en mi forma de sentir y en el cómo soy ahora.*

*Gracias a todos ustedes,
este es un sueño que no pensé ver realizado pronto,
pero por cuestiones de la vida aquí está. Muchas gracias.*

Hombre destrozado

A quien interese:

Soy el hombre destrozado, uno de los pocos sobrevivientes que habitan la superficie terrestre.

Esta será mi última carta.

Después del retumbar de las fuerzas demoledora del ser humano, atacando a su propia especie, me doy cuenta de que lo único que necesitábamos para nuestra destrucción, era sólo un empujón.

Es triste reconocerlo, pero nuestra capacidad de pensar fue aquello que nos dio las herramientas necesarias para desaparecer y nuestro interior animal, fue lo que nos ayudó a tomar la decisión de hacerlo; está claro que tuvimos ayuda de la naturaleza, pero créanme que el accionar de nuestras armas se dio bajo la voluntad como hombres y seres pensantes independientes.

La tierra debía recuperar su armonía y nosotros éramos el virus que la estaba corroyendo, rectifico. ¡Virus!, tal vez no, algo aún más bajo, los virus son organismos que trabajan juntos para crecer, nosotros somos depredadores de nuestra misma especie y ecosistema; desangramos, absorbemos y defecamos en todo lo que tocamos, incluyendo nuestras mentes. Me llega la imagen de las *Bacterias Vampiro*: un organismo bacteriano que se dedica a corroer y drenar a otras bacterias, tal como una sanguijuela que chupa y chupa la vida de los demás sin tener una saciedad.

Pues qué les cuento, en estos momentos la humanidad ha sabido como evaporarse, ha agotado toda la paciencia que la tierra le tenía, la madre que nos dio la vida, ahora nos la ha arrebatado, con poco más de quinientas mil personas caminando sobre un suelo árido, sin vegetación y sin agua, dudo mucho que tengamos un mejor final que la muerte, por cierto, bien merecido, a mi parecer.

Se preguntarán, cómo he tenido tanta suerte de encontrarme aún con vida, pues todo se debe a mi espíritu de supervivencia y mi gran suerte, que en ultimas suena como algo bueno, pero déjenme decirles una cosa, es todo lo contrario, esta suerte sólo me ha traído desdicha. Mis padres han muerto, mis amigos han desaparecido y he tenido que vivir comiendo las sobras que me ha dejado este mundo para lograr respirar un día más, quisiera morir, pero mi cobardía no me deja tomar la decisión, espero que tan pronto desaparezcamos de la superficie, la tierra logre sanar sus heridas y pueda olvidarse de este patético momento en su historia, donde albergó una especie tan dañina como lo fue la humanidad.

Si les interesa saber un poco más de mí, creo que ya he contado suficiente, mi historia futura comienza ahora, les puedo confesar que seguiré aquí quejándome y burlándome del ser humano, que se fue a la basura gracias a su propia mano, a su agresividad, al instinto salvaje de dominio y el deseo de sumisión que impera en todo su ser.

Se despide un hombre destrozado, con el ánimo de saludar y trascender en mente y voz, ya que dudo mucho que mi cuerpo, mi carne y mi alma, perduren más de unos meses.

Para futuras especies dominantes, les deseo que no cometan nuestros errores. Agradezco su amable atención.

*El Hombre Destrozado.*
*Un futuro no muy lejano*

CHARLIE

Automotores TAUROS, una fábrica de autos modernos situada en Ciudad Capital, sus instalaciones son amplias, distribuidas por varios niveles, en la parte frontal consta de salones extensos donde se exponen autos de gran valor para la venta, en medio de la pared posterior tiene una puerta amplia que conecta con la parte trasera de la fábrica, la cual refleja varios cubículos organizados de forma lineal divididos por un pasillo de tres metros que se dirige directo a la oficina del subdirector de la compañía, el señor Alberto Cortés, un hombre alto, delgado, de piel oscura, con un rostro alargado, ojos negros, cejas depiladas, nariz prominente, labios gruesos y su cabello con ondulaciones de crespos cortos.

Todos los empleados están reunidos en la parte interior, justo sobre el pasillo que colinda con los cubículos, la gran mayoría mirando a una misma dirección, la puerta de la oficina del subdirector Alberto, quien se encontraba de pie sobre la entrada.

—Bueno, señores, gracias por su atención, este fin de semana será mi fiesta de matrimonio y todos están invitados, la idea es que el sábado nos reunamos en la finca de mis padres —gritó el señor Cortés emocionado.

Uno de sus trabajadores no estaba prestando mucha atención al comunicado, Charlie Herrera, un hombre de 31 años de edad, alto de cabello negro hasta los hombros, ojos oscuros y mirada seria.

—Psh, psh, Gutiérrez —susurró Charlie en dirección a uno de sus compañeros.

Se acercó a Gutiérrez sigilosamente a unos cuantos pasos cerca a la entrada de la oficina de Cortés.

—Oye, Gutiérrez, ¿Qué fue lo que dijo el señor Cortés?

Gutiérrez su compañero de trabajo, mecánico igual que él, de estatura baja, rostro redondo y cachetes abultados, ojos oscuros pequeños y mirada tonta, estaba de pie, observando la charla del señor Cortés.

—Dijo que se va a casar, supongo que, con esta mujer "Cata" — respondió Gutiérrez sin quitar su mirada del señor Cortés, intentando disimular.

—¿Con esa vieja? ¡pero si lo golpea!

—Yo no sé qué le ve, supongo que la vieja es diferente en la casa. —expresó Gutiérrez al tiempo que le lanzaba una sonrisa burlona a Charlie.

—Pues ahora que sean esposos ya no va ser extraño que lo golpee —advirtió seguido de una risa imprudente, que llamo la atención de algunos empleados.

—Pues sí, jajaja —acompañó con carcajadas Gutiérrez—. Aunque no creo que pueda ir.

—¿A dónde?

—Hombre, por favor, pues a la finca de los padres de Alberto.

—¿Cuál finca?

Gutiérrez hizo un gesto de cansancio.

—¿No estás escuchando? la finca de sus padres, la que está en el pueblo ese raro —continuó Gutiérrez seguido de darle una palmada en la espalda a Charlie.

—El lugar de encuentro será la finca de Jesús Cortés, en el norte del pueblo LostVille, sobre el kilómetro 80, la única vía que tiene el pueblo hasta llegar cerca de las montañas, por favor confirmen su asistencia, pueden llevar un acompañante —anunció Cortés.

—¿Vas a ir? —preguntó Gutiérrez a Charlie.

—Aún no lo sé, depende si un amigo va conmigo, ¿tú por qué no vas a ir?

—Es el cumpleaños de mi hijo, si vas me cuentas qué tal estuvo.

—Pues si no me intoxico con alcohol, claro que sí.

Charlie caminó de regreso a su cubículo, mientras todos terminaban de observar al señor Cortés y comenzaban hablar en grupos.

El cubículo de Charlie tiene un mesón enorme de metal en el centro y sobre él un motor de un vehículo desarmado, además múltiples cajas de herramientas rodeando la mesa y a su lado derecho un pequeño escritorio con dos sillas una de recibidor y la otra directo sobre su computador, el cual está acompañado de un teléfono fijo, unos documentos y varios cuadernos y lápices.

Charlie caminó rodeando el mesón mientras, observaba el motor del vehículo desarmado.

—¡Ya casi termino contigo, bebé!

Levantó su mano derecha y movió la silla de la entrada a un lado, continúo caminando hasta llegar a su silla de trabajo justo frente a su computador, con su mano derecha tomó el teléfono y con la izquierda comenzó a marcar un número.

—¿Aló? —se escuchó una voz de mujer del otro lado.

—¡Mary!, porfa, pásame a Julián.

—El tonto de mi hermano está comiendo, como raro, ¡oye, tonto, te está llamando Charlie al teléfono!, y ¿cómo estás Charlie? —preguntó Mary con un tono coqueto.

—Bien, trabajando y pensándote, lo de siempre —respondió con picardía.

—Tú y tus bobadas.

—Ya dame el teléfono, gorda, —se escuchó a Julián del otro lado.

—¿Qué haces, tonto?, ¿engordando? —preguntó Charlie.

—No me molestes, ¿qué pasa?

—Este fin de semana mi jefe dará una fiesta para sus empleados, se casa con una horrible mujer, pero eso no importa, ¿vamos?, ¿qué dices?, te prometo que habrá hombres atractivos para ti.

—No sé, ahora tengo terapia con una paciente, más tarde te digo.

—Dale algún medicamento y listo.

—Sabes que los psicólogos no podemos ordenar fármacos.

—Sólo di que sí, esas fiestas de la compañía no las tolero solo, ¿Qué dices?

—Está bien, pero déjame lo hablamos mejor cuando termine la consulta.

—Sí, sí, lo que digas, el sábado te recojo en tu casa temprano y nos vamos.

—¿Quieres terminar de hablar con mi hermana? —preguntó Julián en tono sarcástico.

—Ja, ja, ja, tan gracioso, hablamos después.

Charlie colgó su teléfono y comenzó a buscar en su computador la dirección del pueblo LostVille, *"parece que está algo lejos de aquí"*, pensó.

SS14

Julián

Julián Pinzón, un hombre de 28 años, estatura promedio, con sobrepeso, cara redonda, ojos azules y piel fina, se encuentra sentado en la silla de su consultorio pensativo. Levanta su mirada al techo y con voz suave y cálida se dirige a una paciente frente a él:

—Bueno, doña Gloria. Con esta sesión concluimos nuestra primera etapa de su afrontamiento psicológico; logramos muchos avances, sus miedos y deseos inconscientes ahora estarán más presentes.

Su consultorio es un espacio diseñado para realizar psicoterapia, con un área amplia, un sofá posado sobre la pared de fondo, un escritorio pequeño con un computador portátil, una silla grande con ruedas y reclinable, dos sillas de madera frente al escritorio y en la pared lateral derecha, un diván café acolchado.

—Muchas gracias, doctor, nos vemos la otra semana ¿le parece? — comentó Gloria, una paciente de avanzada edad, de baja estatura, piel manchada y cabello cano.

—Claro, si señora.

Gloria se levantó del diván, se acercó hasta donde estaba Julián y sin decir una palabra se lanzó y lo abrazo de forma cariñosa.

—Usted sabe que los abrazos no se deben dar en terapia —dijo Julián sin ser descortés.

—Lo siento, doctor, es que usted me ha ayudado tanto, no se moleste conmigo.

—Tranquila, sabe que, ¿venga para acá! —exclamó Julián levantándose de la silla y mirándola a los ojos.

Julián extendió sus brazos y apretó a Gloria entre sus manos mientras sonreía haciendo un gesto de ternura.

—Gracias, doctor, nos vemos luego.

Julián tomo su teléfono celular y llamó a su secretaria.

—Hola, señora Luz ¿cómo está.?

—Bien, doctor, ¿necesita algo?

—Sí señora, por favor cancélame todas las terapias que tengo este fin de semana, voy a salir de viaje.

—Claro que sí, doctor, ¿necesita algo más?

—No señora, muchas gracias.

—Espero de verdad haya hombres lindos en la fiesta, si no, Charlie me las va a pagar —pensó frunciendo el ceño.

Sábado en la mañana Charlie llegó conduciendo su auto hasta la entrada de la casa de Julián, un auto compacto modificado.

—Oye, Julián, ¿ya estás listo? —gritó desde la ventana de su vehículo.

—Voy —se escuchó un gran grito desde el interior de la casa.

Pasado un tiempo corto, Julián salió rápidamente por la puerta, vestía una camisa rosa con rayas moradas, un pantalón de dril azul oscuro desgastado y unos zapatos negros de mocasín.

—Mire esa ropa, ¡por Dios! —murmuró Charlie inclinando la cabeza.

—Vamos rápido antes de que salga mi hermana a molestar con sus preguntas.

Julián se tomó un tiempo para observar a Charlie.

—¡Y esa ropa!

Charlie lleva puesto un traje: saco, camisa y pantalón negro, así como sus zapatos de cuero oscuro brillantes, muy elegante.

—Eso te digo yo a ti, ¿no recuerdas que es una boda?

—Si quieres, me cambio.

—No. Qué más da, vámonos así.

Después de varias horas de trayecto sobre la autopista principal, Charlie volteó a ver a Julián y lo observo revisando un mapa de papel.

—¿Cuál es la dirección del lugar?, creo que estamos cerca del pueblo —dijo en voz baja.

—Según este mapa, el pueblo está girando por este camino a la izquierda.

—¿Estás seguro? ¿por esa carretera destapada?

—Sí, estoy muy seguro.

Julián señaló con su mano derecha apuntando con el dedo índice un sendero a su izquierda, Charlie giró el auto sobre aquella vía y mientras estaba conduciendo noto la expresión de aburrimiento de su amigo.

—No pongas esa cara, Julián, no tenía a quien más traer a la fiesta.

Charlie puso su mano derecha en la cabeza de Julián y revolvió su pelo en gesto amistoso.

—¿De qué es la supuesta gran fiesta a la que vamos?

—Es el matrimonio de uno de los hijos de mi jefe, el dueño de la compañía. Él me cae bien, pero no me gusta tener que viajar tanto, sobre todo para estar en una reunión con gente de la empresa que no me soporto; por eso te traje conmigo.

Julián recostó su cabeza conservando su rostro aburrido sobre la ventana y comenzó a mirar la carretera.

—Esperemos que en la fiesta al menos haya hombres lindos para conocer.

Recorriendo el camino pedregoso y descuidado, a unos pocos kilómetros de la intercepción, Charlie y Julián se toparon con un auto clásico estacionado sobre la vía que parecía estar descompuesto, era un carro lujoso, no tenía aspecto de ser descuidado. Charlie desacelero el auto lentamente hasta detenerse justo a mano izquierda del vehículo clásico.

—¿Qué haces? —preguntó Julián.

—Espérame aquí, voy a ver qué le pasa a ese bebé.

Puso su celular en uno de los bolsillos de su saco, se lo quitó y lo colocó en el asiento trasero del auto.

—No te demores.

Charlie asintió con su cabeza, abrió la puerta del auto y descendió con cuidado, caminó despacio hasta llegar al vehículo clásico, echó un vistazo a su alrededor y lo único que pudo observar fue soledad.

—Esto parece un desierto —dijo en voz baja. Revisó el interior del vehículo, el cual se encontraba vacío e intento abrir la puerta con cuidado, *"¡clac!"* sonó la puerta del piloto al mover su manija, la abrió lentamente, se inclinó bajo el volante y oprimió el botón para abrir el capot del motor, se enderezo y dio unos pasos hasta llegar a la parte frontal del auto. —Vamos, bebé, dime qué te pasa —murmuró—. Centró su atención en la batería, revisó un par de conexiones y dedujo que el problema tenía que ver con el suministro de corriente. —Como lo pensé, sin energía —se dijo.

Charlie se alejó del motor del vehículo y caminó de nuevo hasta su auto, abrió el baúl y de él, extrajo unos cables de corriente.

—¿Qué es? —preguntó Julián.

—Parece que no tiene corriente, voy a pasarle energía a ver si enciende.

—Y luego ¿qué vas a hacer con él?

—Llevarlo al pueblo, de pronto allá se encuentre el dueño.

Julián arrugo su frente, hizo un puchero y volvió a recostarse en el espaldar del asiento. Charlie, mientras tanto conectó las dos baterías e intento transferir la corriente, Clash sonó la batería del auto clásico.

—No era la batería, ¡parece que esto va a tardar más de lo que pensaba! —le gritó a Julián. Charlie se tendió en el piso y se arrastró debajo del motor del vehículo descompuesto.

—¡No puede ser! —dijo Julián—. Voy a dar una vuelta, ¿ok?

Julián abrió la puerta del auto, asomó su cabeza y al salir del vehículo sintió el viento revolviendo su cabello. Caminó despacio frente al coche hasta posarse cerca al motor. Tan pronto se detuvo, en el centro de la carretera, volteó a mirar a Charlie, que asomaba sus pies debajo del vehículo en reparación; dio un pequeño suspiro y giró su cabeza en dirección a la entrada del pueblo, sin voltear, comenzó a caminar lentamente por la vía dando pasos cortos, alejándose de Charlie.

—Llegaré primero a la fiesta antes de que Charlie termine de arreglar ese carro —se dijo mientras veía la tierra de la vía.

Julián caminó un largo rato sobre la carretera descuidada absorto en sus pensamientos. Al detallarla, notó que era una mezcla de tierra y barro que sobresaltaba por las múltiples grietas profundas que la atravesaban en su totalidad.

—No sé por qué no le puedo decir que no a Charlie, sólo había que decir: *"no quiero ir a tu fiesta"*, pero no, no fuiste capaz, Julián —murmuraba frunciendo el ceño, sin darse cuenta ya había recorrido un largo trayecto, volvió su mirada atrás y no logró divisar a Charlie. — Parece que me aleje mucho, mínimo Charlie sigue debajo del carro ese.

Julián continúo caminando sin dar marcha atrás, hasta llegar a una zona que poseía una construcción, justo sobre el límite izquierdo de la carretera destapada, una cabaña vieja, muy grande que parecía estar deteriorada y abandonada.

—¡Guau, que cabaña más tétrica, parece de película de terror! — continuó, al tiempo que se dirigía a la entrada.

Julián con una sonrisa enorme comienza a correr rápidamente hasta la entrada de la cabaña. Era una cabaña de madera vieja, de color ocre con zonas húmedas y grietas en los bordes de sus paredes de gran dimensión. Parecía tener múltiples habitaciones, todas ellas sin señal de estar habitadas, localizada justo sobre el límite de la carretera que colinda con la entrada al pueblo. Julián se detuvo cerca a la puerta de la cabaña, la cual poseía el marco destruido. Con su mano derecha extendida la empujo suavemente. Debido al mal estado en que se encontraba la puerta abrió sin problema.

—¡Qué suerte!, está abierto.

Caminó despacio ingresando al interior de una sala enorme con muchos escombros en el suelo, había vidrios, tablas, metales y una sustancia desconocida que parecía ser sangre espesa regada por el suelo, *"¿y esto?"*, pensó intrigado. Julián ingresó hasta el centro del salón, donde había una mancha enorme de aquella sustancia. Se inclinó y observó con detalle dicho líquido, tomó un poco con la pulpa de sus dedos sintiendo la textura y acercándola a su nariz para diferenciar el aroma, al inspirar suavemente retrocedió su rostro con brusquedad arrugando su frente.

—Parece sangre, pero huele muy fuerte. Nunca había visto la sangre de esta forma, parece ceniza, ¡qué raro!

Se enderezó y levantó su mirada observando sus alrededores, detallando dicha sustancia esparcida por todo el lugar: pisos, paredes y estantes, no había zona en el salón que no estuviera manchada.

—Sea lo que sea, en este lugar parece que hubieran matado a alguien.

Tratando de detallar la sustancia más de cerca, Julián comenzó a escuchar unas voces susurrantes, levantó su mirada en dirección a un pasillo oscuro que se veía frente a él, justo en la parte trasera del salón. *"Parece que hay alguien más aquí"* se dijo al tiempo que caminaba lentamente hasta llegar al inicio del pasillo oscuro.

Desde la parte trasera del salón, se visualiza un pasillo angosto que conectaba con varias puertas, cinco en total, cuatro laterales y una al fondo equidistante a la entrada, todas ellas cerradas, generando una atmosfera oscura y tenebrosa; además, en el piso continuaban algunos escombros, vidrios y olores fuertes, tal como si se extendiera la escena del crimen por los pasillos.

Julián caminó de forma despaciosa, siguiendo las voces que susurraban justo en la habitación al fondo de la cabaña, mientras más se acercaba, más fuerte se percibía la voz. Del borde lateral de la puerta, corría un pequeño haz de luz que provenía del interior de la habitación.

—¡Qué mierda de lugar! ¿por qué decidimos venir aquí? ni siquiera señal de teléfono hay en este pueblucho —dijo una primera voz. —Raúl fue el de la gran idea de venir a tocar en este pueblo, ni electricidad tiene. ¡Gracias genio! —respondió una segunda voz.

—¡No me joda, marica! que usted es el pendejo que está enamorado del que paga la fiesta, además, nos van a dar buen dinero.

Julián se acercó con delicadeza hasta el borde derecho de la puerta y sin hacer mucho ruido, posó su ojo izquierdo a través del pequeño haz de luz para ver el interior del lugar, *"¿y estos quiénes son?"*, pensó nervioso. Con dificultad Julián logró divisar a uno de los sujetos que se veía delgado, alto, de cabello castaño, con un rostro fino y ojos de color azul claro, *"este se ve como lindo"*, pensó emocionado. Los otros dos tipos no los pudo detallar bien, pero sus voces indicaban mucha más seriedad que el primero que había visto. *"Parece que uno de ellos es gay, ¿será el lindo?"*.

—Oye ¿y eso qué es? ¿por qué lo trajiste aquí?

—Es el arma de mi padre, la traje a escondidas, quiero echar unos tiros, pero en la casa mi papá nunca me deja, en este pueblucho no creo que me pongan problema.

—Deberíamos practicar tiro al blanco.

Julián abrió sus ojos y apoyó su mano izquierda sobre la puerta para alejarse un poco de ella, pero sin querer la movió suavemente, lo que hizo que chillara llamando la atención de los sujetos.

—¿Quién está ahí?

Raúl sostuvo el arma apuntando en dirección a la puerta.

—Soy Julián, por favor, no dispare.

El interior de la habitación en el fondo de la cabaña era un cuarto vacío con pedazos de tablas rotas, con el piso de madera aboyado, paredes mohosas y una ventana grande al fondo con los vidrios destrozados que transmitía la luz del sol y el paisaje del exterior de la cabaña, un prado verde de una finca enorme.

Julián levantó sus manos y caminó lentamente hacia el interior del cuarto.

—Sólo estoy perdido —dijo con su voz temblorosa.

Uno de los sujetos caminó hasta Julián lentamente sonriendo.

—Tranquilo, somos los músicos de la fiesta de matrimonio, todo el mundo en este lugar sabe de la fiesta, apuesto que tú también —dijo con una voz cálida. Julián temblando se arrodilló, mientras su mirada seguía posada en el cañón del arma de Raúl, que continuaba apuntándole.

—Yo soy Cris —continúo hablando el hombre.

Cris, un hombre joven y esbelto, de ojos oscuros, cabello castaño claro, rostro simplón y pústulas por acné en su frente, volteó a ver a Raúl con seriedad.

—Ya deja de apuntarle a Julián, ¿quieres? Raúl, lo tienes muy nervioso.

Julián sin parpadear movió su cabeza lentamente detallando a Raúl de pies a cabeza, era un hombre joven, menudo, musculoso, con cabello negro corto y rasgos faciales fuertes, cubiertos por una tenue barba oscura.

—Está bien, es sólo que me asustó, no deberías estar espiando a la gente detrás de las paredes —dijo Raúl frunciendo el ceño. El último sujeto el que Julián detalló como atractivo, se acercó y le dio la mano para ayudarlo a ponerse en pie.

—Sí, lo sé, fui un tonto, discúlpenme.

—Yo me llamo Tomás, soy el vocalista de la banda, ¿tú que haces aquí? —dijo el hombre atractivo al tiempo que ayudaba a levantar a Julián del suelo.

—Vine a la fiesta de matrimonio con un amigo, que, por cierto, debe estar buscándome.

La voz de Julián se escuchó tenue y muy delicada.

—¿Eres gay? —preguntó Cris.

Julián se sonrojó y su labio inferior comenzó a temblar.

—No, no, a mí me gustan las mujeres, ¿Por qué dices eso?

—¡Sí es gay! Apenas para ti, Cris, así como te gustan, gordos y con cara de tontos —dijo Raúl con su tono de seriedad.

Cris se acercó a Julián y le puso ambas manos en las mejillas con delicadeza.

—Yo también lo soy, tranquilízate —dijo en voz baja.

Raúl caminó hasta Julián con confianza y le extendió la mano.

—Estamos fumando mota, ¿quieres un poco? —le preguntó Raúl con su rostro serio.

—No, gracias, la verdad ya tengo que volver, me deben estar buscando.

Tomás caminó sigilosamente hasta pararse detrás de Julián, lo tomó por la cadera con ambas manos y acercó su boca al oído derecho de Julián.

—Tranquilo, nosotros somos de confiar, no te pasara nada.

Julián cerró sus ojos y suspiró lentamente, se dio la vuelta hasta quedar frente a Tomás, levantó su mano derecha despacio y la estiró en dirección al rostro de Tomás.

—¿Qué te pasa, maricón?, a mí no me gustan los hombres, mucho menos uno tan gordo como tú —gritó Tomás al tiempo que alejó su rostro de la mano de Julián.

—Perdón, Tomás, la verdad creí que tú, que ustedes eran, pues… — Julián se sonrojó y volvió su mirada al suelo.

—Cállate, gordo asqueroso, aquí el único homosexual es Cris, pero creo que él no llamó tu atención —exclamó Raúl elevando su voz y volviendo su mirada sobre Cris.

—¿Qué dices, Cris?, ¿te gusta este gordo cari-bonito? —dijo con su tono de voz grave.

—Sí, la verdad sí me gusta, pero creo que yo al él no, —respondió Cris frunciendo el ceño—. Él está interesado en Tomás —continúo al tiempo que miraba a Tomás a los ojos.

Raúl caminó junto a Julián, sosteniendo el arma en su mano derecha y pasó su brazo derecho atrás del cuello de Julián presionándolo con sus músculos, dejando el revólver justo a la altura de los ojos de Julián. —Dime una cosa, Julián, ¿tú te cogerías a mi amigo Cris? —preguntó Raúl con confianza.

Julián no perdía de vista el arma en la mano de Raúl.

—¡No! Yo sería incapaz de hacer algo así, es más ya me alejé mucho de mi gente, así que, debo volver antes que se preocupen.

—¿Tu gente?, pensé que habías venido solo con tu novio.

—Sí, lo que pasa es que aquí nos encontramos con otros amigos para ir juntos a la fiesta —continuo Julián aun nervioso.

—No me estarás mintiendo, ¿no es así? —dijo Raúl presionando el cuello de Julián con su brazo.

—No, claro que no, así es, lo juro.

Raúl apuntó con su mano izquierda en dirección a Cris mientras seguía sosteniendo a Julián del cuello con la derecha. Rápidamente, su mano izquierda le dio una cachetada fuerte en la mejilla a Julián.

—Ya, gordito, ya, no te va a pasar nada, vamos a darnos unos toques antes de ir a la fiesta, eso es todo —dijo Raúl sonriendo.

Cris caminó donde estaban abrazados Raúl y Julián y con cuidado introdujo su mano derecha en uno de los bolsillos del pantalón de Raúl, comenzó a buscar algo por un tiempo, hasta que por fin sacó un objeto parecido a un cigarrillo de marihuana.

—¿Tú tienes el encendedor? —le preguntó Cris a Raúl.

—¿No lo ibas a traer tú?

—Yo lo tengo —dijo Tomás acercándose.

Tomás sacó de su bolsillo el encendedor y se lo pasó a Cris. Mientras encendían el porro, Tomás se quedó mirando a los ojos a Julián.

—¿Alguna vez has fumado hierba, Julián? —le preguntó Tomás con un tono burlón.

—Responde la pregunta, gordo —gritó Raúl apretando el cuello de Julián.

—No señor, nunca he fumado nada, ni siquiera cigarrillo.

Los tres músicos comenzaron a reír de forma burlona.

—Que bien, nosotros tampoco. Vamos a probar esto juntos, el tipo que nos la vendió, dijo que era diez veces más fuerte que la marihuana normal, —comentó Cris sosteniendo el cigarrillo de hierba en su mano derecha.

Cris extendió sus manos y tomó a Julián de ambas mejillas, las apretó con fuerza hasta formar con sus labios el gesto de dar un beso y acercó su rostro al de Julián.

—¿Te molesta si hago algo que tengo ganas de hacer desde que te vi? —exclamó Cris en forma de susurró.

Sonó un muack. Cris le dio un beso húmedo a Julián, quien sacó su lengua con desagrado y sacudió su rostro varias veces.

—Muchachos, la verdad, no quiero, nunca me han parecido buenas las drogas —dijo Julián abriendo sus ojos angustiado—. Yo pasó, si quieren fumen ustedes, no hay problema.

Mientras Julián movía su cabeza de izquierda a derecha, Raúl le lanzo nuevamente una cachetada con su mano izquierda, la cual impacto de nuevo en su mejilla de forma brusca.

—¡Ya, mariquita, sólo será un sorbo!, no llores —gritó Raúl un poco enojado.

Cris le dio unas bocanadas de aire al porro para avivar las llamas.

—Ven, dame un poco —dijo Tomás mordiendo su labio inferior. Tomás le quito el porro a Cris de sus manos y comenzó a inhalar.

—Ven para aquí, gordito, toma, —le dijo Tomás a Julián con una voz suave.

Tomás extendió su mano derecha con el porro entre sus dedos pasándolo por los labios de Julián.

—Vamos, pruébalo, gordo —dijo Raúl al tiempo que presionaba el cuello de Julián con su brazo derecho.

—No, de verdad, no quiero muchachos, —dijo Julián haciendo fuerza con su cabeza.

—¡Maldito gordo, vas a hacer lo que te pedimos, si no quieres que me enoje! —gritó Raúl desesperado.

Raúl movió su mano derecha hasta dejar el arma apuntando a la cabeza de Julián.

—Raúl, para, nosotros no somos asesinos —gritó Tomás.

Julián comenzó a sudar de forma profusa, mientras estiraba su mano temblorosa solicitando el porro de las manos de Tomás.

—Está bien, lo haré.

—Eso es, gordito, vamos que tú puedes. Julián realizo tres inhaladas de forma consecutiva profundas que le ocasionaron un ataque de tos incontrolable.

—Ja, ja, ja, ¡ese es mi gordo!

—Bien hecho, gordito.

Julián, tras haber inhalado el humo de aquel porro, comenzó a moverse de forma errática, sacudía sus manos rápidamente frente a sus ojos, movía su cabeza de arriba hacia abajo lentamente al tiempo que esbozaba una sonrisa tonta.

—Ja, ja, ja, el gordo está en severo viaje.

—¡Tomás! —sollozó Julián.

Caminó con su mano extendida intentando sostener a Tomás, pero en aquella dirección no había nada, cosa que género que los tres músicos sonrieran al tiempo que le abrían paso.

—Ja, ja, ja.

Julián caminó hasta un rincón de la habitación y entrecerró sus ojos intentando dimensionar que había cerca de la pared, con dificultad observó un tronco grueso de madera posado de forma vertical. Julián llegó hasta él y al momento de apretarlo entre sus dedos sonrió.

—¡Tomás!

Julián abrió sus ojos y centro su mirada a dicho objeto.

—¡¿Qué es esto? ¿qué me hicieron?! —grito Julián desorientado.

Los tres músicos comenzaron a reír, dando carcajadas fuertes. Julián tomó el tronco con ambas manos y comenzó apuntar en dirección a donde percibía el sonido de aquellas risas.

—Malditos, estoy muy mareado.

—Ja, ja, ja.

El tronco se sacudía de forma agresiva de un lado para otro con la intención de distanciar a los tres hombres.

—¡Maldito gordo, maricón! —gritó Raúl frunciendo el ceño. Raúl se posó frente a Julián y tomó un extremo del tronco con ambas manos.

—¿Qué quieres hacer con esto gordo? —le preguntó Raúl a Julián en tono serio. Raúl con fuerza le arrebató el tronco de las manos a Julián.

—¿Me querías golpear con esto?

—¡Maldito marica! —gritó Raúl al tiempo que lanzaba un golpe fuerte sobre la parte posterior de la cabeza de Julián, el cual hizo que se rompiera el tronco en muchos pedazos, ocasionando que Julián cayera desmayado sobre el suelo al instante.

—¡Qué hiciste! —exclamó Tomás.

—Tranquilo, estos gordos son muy resistentes —respondió Raúl soltando el tronco a un lado de la habitación—. Seguro ahora mismo se levanta todo trabado.

Tomás se inclinó a ver el rostro de Julián.

—Creo que respira —advirtió Tomás revisando a Julián inconsciente.

—¿Hay alguien aquí? Buenas, estoy buscando a mi amigo —se escuchó una voz proviniendo de la entrada a la cabaña.

Tomás se levantó rápidamente del suelo y apretó la camisa de Cris. —Vienen por el gordo.

—Dejémoslo aquí y que se hagan cargo de él— murmuró Raúl conservando su tono de seriedad. Cris sacudió su brazo y retiro la mano de Tomás.

—¡No! —exclamó Cris—. Aún no he terminado con él —continúo diciendo mientras fruncía el ceño.

—¿Qué quieres hacer?

Cris caminó hasta llegar a los pies de Julián y lo miró fijamente.

—Ningún gay me ha rechazado jamás, todos se mueren por estar conmigo. Este gordo cari-bonito no va a ser la excepción.

—Pero el sujeto ya viene para acá.

—Raúl, ayúdame, vamos a llevarlo al granero de la finca de atrás

Cris apuntó con su dedo en dirección al terreno que estaba tras la ventana, luego tomo a Julián de la cintura he hizo fuerza para tratar de levantarlo y ponerlo sobre su hombro derecho.

—¿Hay alguien aquí? Necesito ayuda —se escuchó la voz un poco más fuerte.

—Déjalo ahí, está muy cerca, ¿y si nos descubre con el gordo golpeado y drogado? – exclamó Tomas en tono de desesperación.

—Déjame, yo lo cargo.

Raúl caminó hasta posarse detrás de la cabeza de Julián se arrodilló y le pasó el arma a Cris.

—Toma, maldito homosexual debilucho —dijo Raúl.

Tomó a Julián de las axilas con sus brazos y lo levantó con dificultad arrastrando sus pies.

—Puedo escuchar que hay alguien aquí, por favor, necesito ayuda, —se escuchó la voz, aún más cerca.

—¿Qué hago con el arma? —preguntó Cris tembloroso. Comenzó a sudar mientras observaba el arma en su mano izquierda.

—No sé, sólo hazte cargo —contestó Raúl con su tono de voz grave.

—Vamos, rápido, ya está cerca —susurró Tomás agitado.

—El maldito gordo pesa mucho.

Cris, con su frente empapada de sudor, comenzó a apuntar el cañón del arma en dirección a la entrada de la habitación. Al tiempo que se escuchaban pasos sobre la madera vieja fuera del cuarto hasta el borde derecho de la puerta, Cris pasaba grandes tragos de saliva por su garganta.

—¿Es difícil disparar? —le preguntó Cris a Raúl con su mano temblorosa. Raúl sosteniendo el cuerpo inconsciente de Julián, llegó hasta el borde de la ventana y fijó su mirada en la mano de Cris, la cual empuñaba el revólver moviéndose rápidamente de un lado para otro y con su dedo índice apoyado sobre el gatillo.

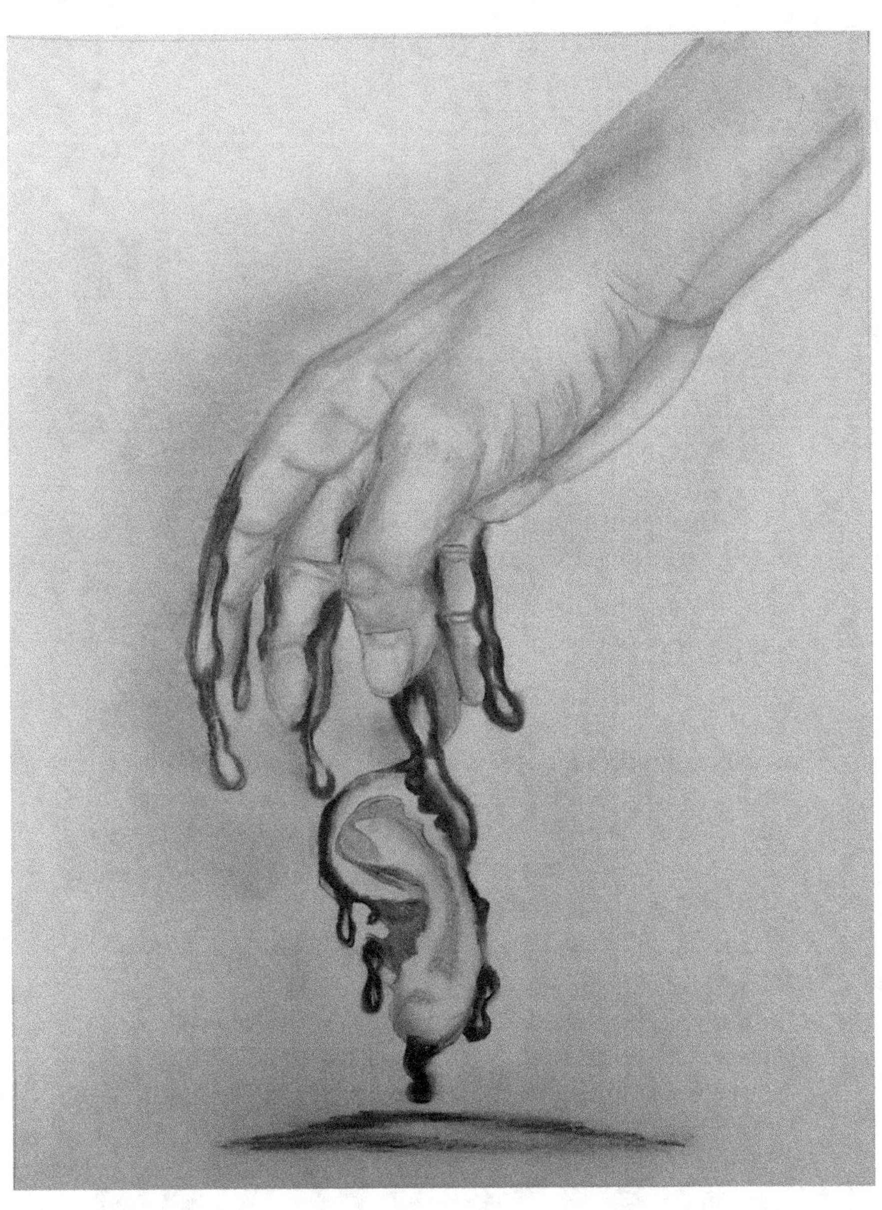

CHarlie

—Espérame aquí, voy a ver qué le pasa a ese bebé —
dijo Charlie mientras se bajaba de su coche.

—No te demores.

Charlie es un hombre algo testarudo y muy
apasionado, de contextura musculosa, 1,80 de estatura,
rasgos de seriedad en su rostro, cabello oscuro hasta los
hombros y con su barba negra, al igual que sus ojos, era
una persona que infundía mucho respeto; con una mirada
fuerte y penetrante, le hizo entender a su amigo que no le
iba a hacer caso y que estaba dispuesto a enfrentarse a la
avería del auto abandonado en la carretera.

El auto clásico, despertaba mucha curiosidad en
Charlie, en su mente pasaban infinidad de causas sobre su
avería y si era capaz de arreglarlo. Examinando un poco el
interior del auto, notó que no tenía energía, así que se
dispuso a pasarle corriente con los cables que tenía en el
baúl de su auto.

—¡Voy a intentar pasarle corriente! —gritó Charlie. Abriendo el baúl del auto, tomó sus cables de corriente y los conectó, haciendo un puente entre la batería de su coche y el clásico que estaba abandonado, trato de encender el motor en dos ocasiones sin tener éxito—. Parece que esto va a tardar más de lo que pensaba.

Pasado un tiempo corto, Charlie se levantó y con intriga se acercó a la ventana del copiloto y notó con algo de desagrado que Julián no estaba.

—¡Maldita sea!, siempre es lo mismo con él, ya salió a explorar este lugar.

La falta de inicio en el auto, indicó que el daño del motor era algo mayor de lo que esperaba, por lo que decidió tomar las herramientas que tenía en su baúl y sin importarle sus ropas, se tendió nuevamente sobre el suelo bajo el auto clásico y comenzó a desarmar partes del motor, intentando descubrir la avería.

Pasado un largo tiempo, notó que el sol ya se estaba acostando, por lo que se dio prisa en terminar la reparación del coche.

—Oye, Julián, ¿estás ahí? —gritó tendido bajo el motor del auto. Al notar que no había respuesta, se preocupó por el destino de su amigo. *"¿Será que le pasó algo?"*, pensó mientras terminaba la reparación y se ponía en pie junto al vehículo. —Bueno, muchacho, diste lucha, pero al fin ya estás listo, dijo con orgullo al auto clásico.

Como su amigo no estaba junto a él, decidió empujar el coche y dejarlo bien recostado a la orilla de la carretera, para que no fuera un estorbo a los autos que pasen por dicha vía, subió a su carro e inicio una marcha lenta observando con detalle todo a su alrededor, con el fin de encontrar a Julián. *"¿Que se habrá hecho este hombre?"*. Con algo de asombro, notó una señal de pasó de personas de la tercera edad en un lugar donde lo único que se podía ver era planicie y desierto, *"que extraño, supongo que por estos lados camina mucho anciano"*. Casi llegando a la entrada del pueblo, Charlie percibió una cabaña abandonada un poco grande y con pinta de estar destruida por el pasar del tiempo, con la idea de encontrar a su amigo perdido, detuvo su auto cerca a dicho lugar.

Antes de disponerse a bajar de su auto, vio que en una de las ventanas de la cabaña había un sujeto un poco misterioso, era un hombre alto delgado con un corte militar y una expresión de enojo en su rostro, llamaba la atención su pómulo izquierdo, el cual tenía una pequeña cortada, tenía puesto un buzo de color verde oscuro ajustado al cuerpo y un pantalón color gris con muchos bolsillos.

—¡Oye, tú!, ¿cómo estás? estoy buscando a mi amigo —gritó Charlie asomando su cabeza por la ventana del auto.

Al notar la presencia de Charlie, el sujeto misterioso levantó un bate de béisbol que estaba en el piso junto a él y salió corriendo en dirección hacia el pueblo. *"Qué extraño, ¿quién sería ese?"*. Decidió ingresar a la cabaña en busca de su amigo.

—Si ese sujeto estaba mirando a alguien, de seguro aquí me podrán ayudar a encontrar a Julián.

Caminó rápidamente hasta entrar en la sala principal de la cabaña, tan pronto ingreso sintió un hedor fuerte en el ambiente, acompañado de un líquido pegajoso rojizo muy parecido a la sangre, pero con un tono más oscuro, esparcido por todo el lugar, *"¿qué será esto?"* se preguntó.

Caminó despacio sin hacer mucho ruido a un pequeño charco de aquel liquido justo en el centro del salón, se inclinó y lo palpó con la yema de sus dedos, con un movimiento rápido lo pasó cerca de su nariz. —Uy, ¿qué es esto?

El aroma era bastante fuerte, algo que Charlie no había olido antes, encogió sus hombros y sin darle mayor importancia, se levantó y estiro un poco su espalda.

—¿Hay alguien ahí? Buenas, estoy buscando a mi amigo —dijo con la intención de ser escuchado en todas las habitaciones del lugar.

Caminó por la sala hasta llegar a un pasillo al fondo, el cual divisaba varios cuartos en su interior. Dio algunos pasos lentamente hasta llegar a la entrada del salón más grande, justo al final de la cabaña.

—¿Hay alguien aquí? Necesito ayuda. —dijo tras resbalar con algo pegajoso del suelo.

En ese instante, logró escuchar una voz y unos ruidos poco identificables del fondo del salón. *"Deben ser unos drogadictos consumiendo alguna cosa",* dijo al tiempo que observaba el suelo detallando un objeto muy extraño, algo parecido a el ojo de algún animal, no lo pudo identificar bien, debido a que lo había aplastado con su zapato. *"¿Que habrá sido eso?",* se preguntó mientras retomaba su marcha. No le dio mucha importancia y nuevamente se dirigió a los sujetos.

—Puedo escuchar que hay alguien aquí, necesito ayuda.

Prosiguió cuidadosamente con su marcha hasta llegar a la puerta del salón, pero en el momento en que se disponía a entrar, se apoyó con la mano derecha sobre una columna y, sin darse cuenta, se enterró una puntilla que estaba salida de la madera justo en el centro de su palma.

—¡Aaaa, maldita sea! —dijo, tratando de hacer presión con su pulgar izquierdo, intentando parar el sangrado y maldiciendo—. ¡Lo que me faltaba! —dijo mientras ingresaba al salón.

*"No hay nadie, juraría que escuche personas en este lugar"* pensó. *"Huele mucho a marihuana"*, continúo pensando, *"¡malditos drogadictos!"* Comenzó a mover algunos trozos de madera en el piso y unas columnas mal colocadas sobre las paredes.

— Nada —exclamó.

Apoyándose en el marco de la ventana que daba a la parte posterior de la cabaña, logró divisar una finca muy grande que limitaba con la entrada al pueblo y la cabaña. *"¿De quién será esa finca? ¿será que Julián esta allá? No, no creo, mínimo ya está tomando cocteles en la fiesta y yo aquí buscándolo como un bobo"*, se respondió así mismo de forma irónica. Al notar que estaba hablando solo, esbozó una sonrisa y decidió continuar su camino hasta el pueblo.

Al caminar en dirección a la salida de la habitación, logró divisar junto al marco de la puerta algo muy parecido a un cigarrillo, se acercó y noto que era un cigarro de marihuana que estaba casi intacto, *"a lo mucho le han dado un par de inhaladas"*, dijo Charlie mientras guardaba el cigarrillo en el bolsillo trasero de su pantalón. Aunque siempre se ha expresado de forma despectiva de los adictos, la verdad es que a Charlie no le disgustaba el sabor de la marihuana en su boca, ni la sensación de tranquilidad que le dejaban unas buenas fumadas de un porro, el único inconveniente, es que no tenía fuego en sus manos en ese momento.

Caminando hacia la salida de la cabaña, regresó al lugar donde se encontraba aquella sustancia extraña.

*"Esto sí que es raro"* se preguntó encorvado detallando dicho líquido. Mientras estaba enderezando su espalda, notó algo más que estaba incrustado dentro de un orificio en la madera del piso, *"¿qué es esto?"*, con sus tercer y cuarto dedo, intentó sacar el objeto que le causaba tanta curiosidad. *"Ya casi lo tengo"*. Haciendo un gran esfuerzo, logró pinzar el objeto y lo sacó del orificio.

—¡Una oreja humana! ¿por qué hay una oreja aquí?

Era una oreja grande, con marcas de sangre espesa y oscura; tomándola con sus manos buscó una bolsa y la guardó con la intención de mostrársela al policía más cercano del pueblo. Con la bolsa en la mano, Charlie salió caminando de la cabaña para llevarse una sorpresa muy desagradable, su auto no estaba estacionado donde él lo había dejado, visiblemente angustiado, corrió hasta la carretera y con una impresión de enojo en su rostro maldijo.

—¡Maldita sea mi suerte, me robaron el auto, junto con mi billetera y mi celular!

Tratando de precisar lo que había sucedido observó unas marcas de llantas en la tierra, que de seguro reconocía como las de su auto, todas en dirección a las afuera del pueblo. Con el ánimo bajo, Charlie decidió seguir la vía hacia el pueblo en busca de un policía que pudiera ayudarlo, caminó varios metros sobre la carretera destapada hasta llegar a la entrada del pueblo, cruzó las primeras casas con confianza, sin prestarle atención a la soledad del lugar, hasta que sintió un pequeño frío extraño, que recorrió toda su espalda y que aumentaba más y más con el mover de sus piernas.

La vía de ingreso al pueblo era una calle angosta con varias casas limitantes, que parecían estar vacías, seguido de eso, se daba pasó a las tres vías principales que recorrían el pueblo de extremo a extremo; Charlie, por lo general, estaba acostumbrado a las ciudades aglomeradas, por lo que observar un lugar tan tranquilo, sin gente en las calles, lo sorprendió.

*"¿Dónde estarán las personas de este lugar?"*, se preguntó mientras se adentraba sobre la primera calle principal del pueblo. Tras cruzar por cuatro manzanas en línea recta, divisó un pequeño parque con cinco niños jugueteando en el sube y baja, corrió lo más rápido que pudo hasta llegar a ellos.

—¡Hey! niños, necesito ayuda, ¿dónde están sus padres?

—No estamos aquí —respondieron los niños con una mirada seria y un poco enojada para luego adentrarse corriendo en las calles aledañas al parque.

Observando detenidamente a uno de los niños, se dio cuenta que fue recibido por una persona adulta en una de las casas a la derecha del parque, justo sobre la acera de enfrente, *"de seguro es la mamá"*

—Disculpe, señora, estoy buscando a la policía, ¿usted sabe dónde puedo encontrar algún oficial?

—No sé nada; además, aquí no hay policía —respondió la señora con gesto de impaciencia mientras cerraba la puerta de su casa.

—Es verdad, aquí no hay policías —escuchó una voz proveniente de la esquina de la cuadra, justo sobre la acera de la calle en la que estaba.

—Espere, no se vaya, cuénteme un poco sobre eso –corrió en dirección a la voz.

Al finalizar las casas de dicha calle, ve un vagabundo sentado en el andén con una botella de vino en la mano y un olor hediondo, era como grasa mezclada con sudor que provenía de sus vestimentas; al verlo dudó sobre su lucidez, ya que vestía un poncho gris oscuro rasgado en el cuello, con manchas de lo que parecía grasa de cerdo; además, estaba descalzo y con un pantalón azul cortado, una manga más corta que la otra.

—Por favor, cuénteme, ¿qué es lo que sabe?

—Yo sé muchas cosas, pero dudo que tu creas algo de lo que yo te diga.

Charlie introdujo su mano en el bolsillo de su pantalón y saco un poco de dinero.

—Toma, por favor cuéntame.

—En este pueblo pasan cosas muy extrañas, aquí desaparece la gente y nadie dice una sola palabra, luego vuelven aparecer como si nada, pero con un comportamiento muy extraño, parece como si no fueran ellos mismos.

Se rascó su axila de forma desagradable.

—Lo que dijo la señora es cierto, aquí no hay policías, no hay ley, no hay justicia, por eso no hay reglas, cada quien hace lo que quiere, el punto es que al parecer el único que hace lo que quiere aquí soy yo, porque todos siempre están comportándose de manera ejemplar, para ser un pueblo olvidado, todos son muy tranquilos, lo que hace más sospechosa la gente ja, ja, ja —dijo riendo de forma estruendosa, como si quisiera llamar la atención—. Puede que engañen a todos, pero no a mí, no señor, yo sé que algo no está bien —continúo riéndose de su comentario, al mismo tiempo que daba un giró muy torpe, que le hizo caer, luxando su tobillo izquierdo. —Ay, ay, ay —gritó de dolor en el suelo.

—Está muy borracho este loco.

*"Mejor sigo mi ruta hasta la fiesta"* pensó Charlie mientras buscaba en sus bolsillos. *"Verdad que no tengo mi celular, ¡maldita sea!"* maldijo con ira en sus ojos.

—Si quiere ayuda, puedes ir donde Eddie, él es como el alguacil de este lugar, es quien vela por las cosas injustas que pasan aquí —comentó el vagabundo mientras se retorcía de dolor en el suelo.

—Ok ¿dónde puedo conseguir ese tal Eddie?

—Vaya por ese camino destapado hasta llegar a una cancha de futbol vieja, en frente de esa cancha, la única casa que vea, esa es, ahí vive Eddie, tenga cuidado con él, es muy malhumorado.

Con un gesto de agradecimiento Charlie decidió continuar su camino hasta la casa de Eddie. *"Bueno al menos hay un alguacil, aunque ¿quién usa la palabra alguacil hoy en día?"*, se preguntó Charlie mientras se adentraba lentamente sobre la carretera destapada. Dando pasos Largos y espaciosos, levantó su cabeza al cielo y notó que el sol ya se estaba ocultando, *"no queda mucho tiempo de luz, por lo que veo este pueblo no tiene iluminación pública"* pensó al tiempo que apresuraba su pasó.

Observando el atardecer a su mano derecha, meditó en las palabras de aquel vagabundo, *"que extraña persona, ¿a qué se refería con eso de que la gente desaparece? ¿y, si Julián es uno más de los que desaparecen?, no, no debo pensar eso, Julián debe estar bien"*, debe estar bien, repetía con la intención de desviar sus pensamientos, para ocultar su preocupación.

Al llegar a la cancha de futbol deteriorada, identificó rápidamente la casa de Eddie. el aspecto descuidado de la cancha había generado arbustos y ramas casi tan altas como su estatura, transformándola en un lote de maleza larga y espesa. Con el atardecer llegando a su fin, dándole pasó a la noche, sintió el mismo frío aterrador que había percibido al ingresar al pueblo.

—¡Qué extraña sensación! —exclamó mientras observaba los arbustos de la cancha—. Estos matorrales dan la sensación de que hay alguien justo en medio, *"¿será que me están mirando ahora?"* se preguntó con un gesto de temor en su rostro.

Apresurando el pasó, llegó a la casa de Eddie y con un fuerte golpe llamó a la puerta.

—Buenas, necesito ayuda.

Pasaron unos minutos y al notar la falta de respuesta, decidió recorrer los alrededores de la casa. *"Debe haber alguien"*. Llegando nuevamente hasta la puerta principal de la casa, Charlie dio la espalda a la cancha de futbol unos segundos.

—¿Quién eres tú? —preguntó una voz proveniente entre los arbustos y las ramas que emanaban del piso atrás de él; justo sobre su hombro derecho, sintió como un frío estremecedor descendía nuevamente por su espalda, como si fuera miles agujas picando su piel suavemente desde su nuca hasta la punta de sus pies. —¿Quién está en ese monte a esta hora? – Pensó intrigado.

—Soy Charlie, necesito ayuda, mi amigo está perdido y me acabaron de robar el auto. se giró en dirección a la cancha de futbol Tratando de buscar el origen de aquella voz, caminó un poco más en dirección a los arbustos, hasta llegar aproximadamente a dos metros del inicio de la maleza. *"¿Quién es ésta?"*, se preguntó al notar el rostro de una mujer escondida bajo los arbustos, oculta por la oscuridad.

Se veía bien arreglada.

—Hola, ¿puedes ayudarme? —dijo Charlie dubitativo.

Llegando casi a dos pasos de la cancha, logró ver el rostro de aquella mujer: era algo delicado, tenía crespos dorados hasta los hombros, su piel era lisa, tersa, sus ojos tenían un color verde intenso, casi brillante y su nariz respingada, todo en conjunto representaba el ideal para sublimar una mujer muy atractiva.

A pesar de no observar bien el resto de su cuerpo, Charlie continuo su marcha, retiró un par de ramas y maleza de árbol que se le interponía en el camino, dio unos cuantos pasos cortos hasta quedar muy cerca de la mujer misteriosa, estiró su mano con el fin de separar las ramas que se anteponían entre él y la bella mujer.

Cuando estaba a punto de tocar las ultimas hojas que los separaban, se escuchó un disparo.

Pum… sonó seguido de una especie de grito acompañado de un chillido estremecedor.

Charlie se cubrió la cabeza con sus manos y se inclinó flexionado sus rodillas casi tocando el suelo, respiro un poco agitado hasta pasar unos segundos.

—¿Qué fue lo que pasó?

Después de un tiempo, todo quedo nuevamente en calma y los ruidos desaparecieron, mientras continuaba con sus piernas flexionadas, abrió los arbustos en frente suyo, con la intensión de ver aquella mujer, pero se llevó una desilusión. *"¿Dónde está la hermosa mujer?"*, se preguntó al tiempo que movía sus ojos en varias direcciones sin encontrarla.

—Oye, tú, aléjate de esos arbustos —se escuchó un grito proveniente de la casa de Eddie.

Con un giró rápido Charlie se retiró de los arbustos y levantó su cabeza velozmente para observar quién era la persona que estaba gritando

Al enfocar su mirada a una ventana del segundo piso de la casa, logró ver a un joven delgado, con un corte de pelo al estilo militar y una pequeña herida sobre su pómulo izquierdo, la cual llamo la atención de Charlie. *"Éste es el sujeto que estaba mirando por la ventana de la cabaña abandonada esa"*.

—¿Qué haces aquí? —preguntó el hombre con un tono de seriedad.

—Estoy buscando a mi amigo, está perdido y me robaron el auto hace unas horas, no sé qué hacer, me dijeron que una persona llamada Eddie me podía ayudar.

—Yo soy Eddie, ya bajo.

Charlie se acercó a la puerta de la casa, donde esperó un rato largo a que saliera Eddie a recibirlo. *"¿Será que me va a dejar aquí?"*. Con un chillido brusco se abrió la puerta de la entrada, hasta dejar ver a unos pasos detrás de ella a Eddie con su frente arrugada.

—Entra rápido, es mejor que no te quedes mucho tiempo allá afuera.

—¿Quién era esa mujer? – preguntó Charlie ansioso.

—Es mi novia. – Eddie respondió con un gesto de tristeza en su rostro

—¿Tu novia? ¿qué hacía en la noche en medio de esos arbustos?

—Primero dime ¿quién eres tú? y ¿qué haces en LostVille? —preguntó Eddie tomando un bate de béisbol que estaba sobre su mesa y apuntándolo hacia el rostro de Charlie.

—Vine con un amigo a la fiesta del señor Cortés, él es dueño de una finca por aquí.

—Sé quién es el señor Cortés, la persona más rica de este pueblo —interrumpió Eddie subiendo el tono de su voz—. ¿Cómo se si puedo confiar en ti?

Charlie con nerviosismo ante el bate de béisbol en su cara y con voz temblorosa, comenzó a contar todo lo que le había sucedido.

—Yo soy ingeniero y trabajo en la compañía del señor Cortés, venía con un amigo, se llama Julián, estamos invitados a la fiesta de uno de los hijos de Cortés, su boda; cuando entramos en el pueblo me distraje reparando un coche descompuesto que estaba en la avenida, no pasó mucho tiempo, pero cuando regresé al auto, Julián no estaba, por eso comencé a buscarlo, —respiró profundo al tiempo que secaba el sudor de su frente—. Puedo recordar que te vi esta tarde, estabas junto a la ventana de la cabaña abandonada en la entrada del pueblo, saliste a correr tan pronto me viste.

—¿Alcanzaste a ver a alguien más?

—No, ¿a quién debía haber visto?

—No te preocupes, continua con tu historia.

—Después de haberte visto en la cabaña, entré en ella a buscar a mi amigo, pero no encontré a nadie, lo peor es que cuando salí, mi coche ya no estaba, me lo habían robado.

Charlie al no tener tanta confianza, omitió ciertos puntos clave en su historia, Luego recordó las palabras de aquel vagabundo en el andén: *"Eddie es el alguacil de este pueblo"*. Por lo que metió su mano izquierda en el bolsillo de su pantalón y de este sacó una bolsa blanca, la cual contenía la oreja cortada que había encontrado.

—Esto lo encontré en la cabaña, puede ser de alguien que torturaron, es probable que haya pasado un crimen en este pueblo y no existe nadie más que tú, que lo pueda resolver —dijo mientras le pasaba la bolsa con la oreja mutilada.

Eddie tomo la bolsa con ambas manos y con una de ellas rasgó un extremo creando un orificio para observar el interior, hizo un poco de presión hasta lograr sacar la oreja arrugada al exterior, al examinarla notó que tenía manchas de sangre coagulada y pequeñas zonas mordisqueadas; con su rostro lleno de calma levantó su mirada en dirección a Charlie y exclamó.

—No te preocupes, no es un homicidio, no hay ningún crimen, esta es la oreja de mi padre.

## Eddie

—¡Despierta, hijo!, necesito que me ayudes con un caso —escuchó Eddie mientras se levantaba de su cama.

—Papá, es sábado, no hay necesidad de levantarse tan temprano hoy.

Eddie, un joven delgado atlético y muy serio, procuraba acompañar a su padre en todas sus diligencias. John, su padre, era conocido en el pueblo como la persona que impartía justicia en todos los habitantes: él es la ley, y, por ende, todos lo buscaban para solicitar apoyo en temas de delitos e injusticias; cada vecino de LostVille lo admiraba y respetaba, por otro lado, para Eddie significaba una figura de obediencia y un modelo a seguir; por eso, a donde John fuera, a su lado siempre estaba su hijo, el *"Alguacil Eddie"*, como lo catalogaba el pueblo entero.

Eddie acababa de llegar de su entrenamiento militar en una zona aledaña a su casa, el cual realizó con el fin de tener mayor peso al momento de impartir ley en el pueblo.

Su padre tiene unos 45 años, no aparenta ser muy mayor, ni tampoco muy joven, apenas tenía la apariencia perfecta que infundía respeto y temor en el pueblo, una persona ruda que no se andaba con rodeos al momento de usar su fuerza para imponer el orden.

—Acompáñame a la casa de la señora Clara, parece que su perro se perdió nuevamente.

Aunque nunca fue militar, a John le gustaba usar pantalones camuflados y una camisa negra con un águila dorada estampada en su espalda. —¿Por qué llevas la escopeta si solo es un perro perdido?

—Un hombre armado infunde más temor, apréndete eso hijo, en este pueblo es bueno que le teman a algo y es mejor que sea a mí.

Eddie se caracteriza por estar siempre bien arreglado, por ser una persona un poco amargada y por llevar consigo a todos lados un bate de béisbol, con el cual infundía temor a su manera, inconscientemente siguiendo los pasos de su padre. Tomando el bate de béisbol, decidió acompañar a su padre en busca del perro extraviado.

—Vamos a la finca de la señora Clara, de seguro el perro está merodeando por los alrededores —dijo Eddie mientras cerraba la puerta de su casa.

Su padre lo estaba esperando en una camioneta algo vieja, pero que les era muy útil a la hora de recorrer el pueblo, una camioneta obsequiada por el habitante más adinerado del lugar; el señor Cortés, con el fin de generar una especie de patrulla vecinal y mantener más seguros a sus ciudadanos.

Al salir de la casa, Eddie observó la cancha de futbol que estaba enfrente muy deteriorada y detalló que estaban creciendo arbustos y maleza que más adelante podrían llegar a ser un problema.

—Esta cancha está muy mal, si sigue así, será un bosque.

John, dispuesto a conducir, se quedó observando con detenimiento la hierba y asintió con su cabeza.

—Cuando estemos donde la señora Clara, por favor déjame hablar a mí.

—Ok.

La casa de la señora Clara se encuentra en el norte del pueblo, sobre la avenida vertical, pasando por el parque principal y atravesando la calle número 3 hasta su final, luego de eso siguen fincas arroceras y, más o menos, a 5 kilómetros comienza su finca, la cual tenía una casa tipo colonial, con detalles finos en sus marcos y en las repisas, *"la casa rosa"*, le decía Eddie, ya que era de color rosado en su totalidad.

—Ya estamos cerca —advirtió John mientras echaba un vistazo por su ventana.

Su mirada, por un momento quedó fija en medio de unos árboles a lo lejos, justo atravesando las fincas arroceras, allá donde los arboles sólo generan oscuridad y son el cobijo de animales salvajes. De repente, mientras observaba la sombra entre el bosque, sintió una especie de frío, como si por su espalda descendiera una gota de sudor helado que iniciaba en su cuello y descendía hasta sus glúteos.

Tratando de divisar la lejanía, John logró distinguir algo extraño, era como si de la oscuridad de los árboles se originaran unos ojos algo inquietantes de un color verde intenso, tan intenso que parecían brillar, reflejaban una mirada penetrante, como si observaran en su interior, John perdido en una sensación desagradable se quedó atónito un par de segundos.

—¡Oye, cuidado! —gritó Eddie, a lo que John regreso su mirada al camino y diviso una vaca en frente de la camioneta directo a su trayectoria. Dio un giro brusco al volante y logró esquivarla por centímetros.

—¿Qué te pasa, papá?, ¡casi matas una vaca!

—Lo siento, me distraje un momento —respondió John al tiempo que regresaba su mirada en dirección a los arboles lejanos, con la fortuna de que allí sólo pudo ver oscuridad.

Llegando a la casa rosa, Eddie notó a su padre algo pensativo, como si su mente se encontrara en otra parte.

—Papá ¿estás bien?, estás algo raro.

John en silencio lo siguió hasta tocar el timbre en la entrada.

—Ya voy, ¡esperen!, les abro en un momento —se escuchó desde el interior de la casa.

Al cabo de unos segundos se abrió la puerta de par en par y Eddie quedó atónito al observar quien estaba detrás de ella, era una mujer caucásica, alta, delgada con crespos dorados hasta los hombros, delicada, con ojos de color verde oscuro, como el verde de una hoja apunto de marchitarse, su nariz era respingada y su rostro fino, poseía unas pequeñas marcas en su rostro de cicatrices de acné, lo cual revelaba un poco su juventud. Tenía puesto un vestido color blanco con girasoles que le llegaba hasta la zona media de sus muslos, dejando ver un poco sus piernas largas, algo pálidas, pero bien cuidadas.

—Soy Leonor, la nieta de Clara.

—Encantado de conocerte —dijo Eddie con sus ojos brillando de la emoción.

—Yo soy John, vinimos a buscar a tu abuela por el asunto del perro extraviado.

—Sí, me dijo mi abuela que vendrían, sigan y les comento qué fue lo que pasó.

Al dar algunos pasos dentro de la vivienda, John se quedó mirando a Eddie con cierto aire de picardía.

—Cierra la boca, hijo, ya estas comenzando a babear.

Caminaron detrás de Leonor hasta llegar a una sala bastante amplia, la cual reflejaba la capacidad monetaria de la señora Clara.

—Vaya, ésta sala es más grande que nuestra casa, —comentó Eddie mientras observaba con detenimiento, todos los estantes y vitrinas del cuarto.

—Por favor, tomen asiento —dijo Leonor mientras señalaba el sillón principal de la habitación. Una poltrona roja con una decoración en mimbre que detallaba el buen trabajo a mano del carpintero.

—Muchas gracias, —dijo John mientras se sentaba.

Atrás del sillón donde se recostaron, se podía observar una larga escalera en forma serpentina con decoraciones de plata llamativas, que recubrían el barandal de extremo a extremo, cosa que les llamo la atención. Pasó un largo tiempo mientras esperaban a la señora Clara, tanto que se inició un silencio un poco incómodo, cosa que estreso a Eddie.

—Y tú ¿qué haces? —le preguntó a Leonor.

—Yo soy fotógrafa profesional, adoro tomar fotografías extrañas, como cosas que no son fáciles de ver, tú me entiendes, por eso vine a LostVille, con ese nombre, de seguro aquí hay cosas para capturar con mi cámara, —respondió la joven mientras se levantaba y se dirigía a un armario. Introdujo su mano hasta el fondo y con cuidado saco una cámara fotográfica muy fina—. Esta es mi mejor amiga.

Pasado una hora, se escuchó un ruido proveniente de la escalera.

—Ya voy, que pena con ustedes, —se escuchó una voz desde el segundo piso de la casa.

Con curiosidad, Eddie observó la parte superior de la escalera, hasta que de ella descendió una mujer de avanzada edad con mucha delicadeza, dando pequeños pasos, escalón por escalón, hasta llegar al suelo. John es algo impaciente, por lo que le pareció eterno dicho movimiento, inclusive hipnótico.

—Gracias por venir tan rápido, señor John, y por supuesto tú también, señor Alguacil, —dijo refiriéndose a Eddie mientras terminaba el último escalón.

La señora Clara tenía un porte elegante, su cabello era largo, liso de color negro brillante, sus ojos oscuros como la noche, su nariz era ancha con una inclinación leve en el tabique y su cuello largo estaba adornado con joyas deslumbrantes que lo hacían ver muy distinguido, tenía puesta una blusa de color café claro de cuello en V de tela fina junto con un pantalón blanco que terminaba sobre sus tacones de color esmeralda blanca.

—Vamos a hablar en el patio y les cuento con más claridad que pasó con Rufo.

Rufo es mi perro, un gran danés de color café claro, que tiene una pequeña mancha negra en la parte posterior de su pata trasera izquierda, él se perdió esta mañana en horas de la madrugada, es muy obediente y sobre todo un gran cazador, mi esposo, que en paz descanse, lo entrenó para que pudiera rastrear presas y traerlas, pero él nunca sale sin compañía, —dio un pequeño suspiro de nostalgia. —Esta mañana, como a las tres, escuchamos un trueno muy fuerte, casi como si algo hubiera explotado cerca, cosa que asustó mucho a mi Rufo, por lo que salimos a revisar el patio juntos, yo tenía en mis manos un regalo de mi querido esposo, su mágnum 38, en caso de algún ladrón, ustedes saben.

Al salir al patio, caminamos hasta llegar a la finca de nuestro vecino el señor Johnson. Rufo debió olfatear algo, ya que corrió como desesperado hasta el establo del señor Johnson, fue tan rápido que lo perdí de vista en un segundo, —pasó su mano derecha frotando sus ojos suavemente —esperé un tiempo pensando que regresaría, pero esta es la hora y no ha vuelto, por eso lo llamé, para que me ayude a buscarlo.

—Claro que sí, señora, nosotros lo encontraremos —respondió John con un tono de voz que reflejaba confianza.

—Yo los acompaño —dijo Leonor al instante—. Me servirá mucho ir con ellos, para poder tomar un par de fotos

—Claro que sí, nos serviría tu apoyo —expresó Eddie apresuradamente sin pensarlo un instante, cosa que pareció disgustarle a John.

Salieron los tres por la parte trasera de la casa, justo donde había comentado la señora Clara el suceso.

—Vamos a ir por todo el recorrido que hizo el perro hasta que se perdió de vista, observaremos un poco y luego iremos a hablar con el señor Johnson,—dijo John con su tono de voz de mando a lo que accedieron Eddie y Leonor.

Mientras caminaban por el prado de la finca, Eddie no hacía más que hablar de la belleza de Leonor, tanto que John ya se sentía un poco apenado, pero al parecer a ella no le disgustaba en lo más mínimo, ya que sonreía sin parar con cada palabra que salía de la boca de Eddie.

Llegando al establo del señor Johnson, Leonor sacó su cámara y comenzó a tomar fotos de todo el entorno, fotografió la casa, el prado, el establo vacío.

—¿Siempre está vacío? —preguntó Eddie dirigiéndose a Leonor.

—La verdad no sé, yo llegué hace un par de días, ni siquiera me había acercado a este lugar.

—¿Tú también escuchaste el sonido que dijo tu abuela? —le preguntó John con un tono de voz algo elevado.

—No, la verdad, yo tengo el sueño muy profundo y no escuche nada.

Dicha respuesta no dejó muy convencido a John, ya que lanzo una mirada de duda hacia Eddie.

Detallando el lugar, John logró divisar un par de marcas en el piso, el establo estaba enlodado como consecuencia de la lluvia que había caído el día anterior.

—Estas son pisadas recientes, hay al menos tres huellas diferentes de zapatos y también están las del perro,—manifestó John detallando el piso. Siguiendo las marcas, vio algo más—. Parece que hubo una pelea, no logro distinguir bien, pero al parecer todas las huellas apuntan en la dirección a los árboles del fondo hasta donde se observa la oscuridad, —en ese momento fue interrumpido bruscamente por Leonor.

—¿Cómo logras ver todo eso?

John no disimulaba su disgusto por la presencia de Leonor con ellos, por lo que ignoro su pregunta, y con un tono de voz fuerte se dirigió a Eddie.

—Hay que interrogar al señor Johnson.

Leonor, con su cámara en mano decidió quedarse un poco atrás tomando fotos de las huellas.

—Adelántense, yo ya los alcanzo —dijo con su rostro sobre el visor óptico de su cámara.

John caminó junto a Eddie hasta la entrada a la casa del señor Johnson, pero antes de tocar sostuvo la mano de

Eddie con fuerza y le dijo. —No confíes mucho en ella, no sé, pero hay algo que no me gusta.

Eddie afirmó con su cabeza sin decir una palabra. John soltó su mano y con un leve toque llamaron a la puerta.

—Buenas, señor Johnson, soy John, queremos hacerle unas preguntas.

Lentamente se abrió la puerta y junto a ella se encontraba un hombre de unos aproximados 50 años, con el cabello abultado lleno de canas, una pequeña barba que le recubría casi todo su rostro, ojos color marrón oscuro, de contextura delgada un poco desgarbada.

—Sí, dígame, —respondió con un tono de voz neutro y sin expresión en su rostro.

—Sólo queríamos saber si usted ha escuchado algún ruido en horas de la mañana.

—No, la verdad no escuché nada, creo haber oído a un perro ladrar, pero debió ser el de la vecina, —comentó Johnson, aún con su rostro inexpresivo, lo cual despertó la curiosidad de Eddie.

—¿Usted conoce la señora Gladis?, su vecina de enfrente, —preguntó con un tono de voz suave.

—No, la verdad no la conozco, pero sí sé que hay una señora Clara y vive en aquella casa.

Leonor, sin que se dieran cuenta, se acercó a ellos de forma sigilosa y con mucho cuidado tomó un par de fotos del señor Johnson, detallando su rostro. *"¿Que sujeto tan extraño?"* dijo a sí misma.

—Ok, Don Johnson, nos vamos, muchas gracias por su colaboración —dijo John mientras le daba una pequeña palmada en la espalda a Eddie.

—Espero les haya aclarado sus dudas, señor John.

—Gracias, señor, cualquier cosa aquí estaremos —dijo Eddie mientras giraba en dirección opuesta a la entrada y daba inicio a su retirada.

Caminando nuevamente en dirección al establo, Eddie le comentó a su padre sobre el extraño comportamiento del señor Johnson.

—¿No te pareció un poco raro, padre?

—Claro que sí, ese sujeto no parecía ser el señor Johnson, en alguna ocasión lo conocí y de entrada me pareció muy arrogante, déspota y hablador, cosa que no vi en ningún momento en nuestra conversación.

En medio del trayecto se toparon con Leonor.

—Hola, muchachos, ¿lograron saber algo más sobre Rufo?

—No, no creo que Johnson vaya a colaborar mucho con eso, —contestó John frunciendo el ceño.

De nuevo en el establo, John decidió continuar con la búsqueda de Rufo, caminaron detrás de las huellas que lograba observar en el lodo.

—¡Vamos!, estas marcas se dirigen al bosque.

—¿Que logras ver, padre?

—Parece que el perro estaba persiguiendo a unas personas, creo que las alcanzó a morder, se puede ver un poco de sangre en el suelo, —dijo cambiando su voz a un tono más grave—. Pero esta sangre es distinta, es más pegajosa y oscura de lo normal, algo que nunca había visto— continuó John mientras tomaba con su mano un trozo de roca manchada con algo extraño y la observaba con detenimiento.

Al girar la roca, la mancha se desplazó en dirección al movimiento.

—Nunca había visto la sangre aun espesa y móvil después de varias horas.

—¡Mire allá al fondo! —gritó Leonor señalando una zona del bosque en lo profundo, donde no llegaba mucha luz, ni siquiera la del sol de mediodía.

—¿Que ves? —preguntó Eddie impacientemente.

—Creo ver a Rufo.

Corrieron en línea recta, uno de tras del otro, adentrándose en la oscuridad del bosque, siempre con John a la cabeza.

*"¿Por qué no traje la escopeta?"*, se cuestionó John. Al llegar a una especie de valle pedregoso, Eddie logró divisar la cabeza de un perro, en lo alto de un tumulto de rocas, muy parecido al descrito por la señora Clara.

—¡Ese es Rufo! —gritó Leonor de alegría.

—Espera, hijo.

Al girar logró ver a su padre con un rostro de preocupación.

—Algo anda mal con ese perro.

—¿Qué puede estar mal, padre?

—Su rostro no se mueve y sus dientes están manchados de sangre y algunos de ellos están casi desprendidos de su hocico.

Al tratar de caminar rodeando el montículo de rocas en las que estaba posado Rufo, Eddie resbalo al pisar una sustancia extraña en el suelo. —¿Qué es esto?

Tenía forma de ceniza, pero de consistencia pegajosa, acercando su rostro Eddie se preguntó: *"¿esto es sangre?"*, a lo que un grito agudo lo hizo retroceder y tapar sus oídos.

—¡Rufo está muerto! —gritó Leonor con lágrimas en sus ojos.

Eddie se acercó a ella y le dio un cálido abrazo mientras la miraba fijamente. John caminó un poco más cerca y logró ver a Rufo tendido en la parte posterior del montículo de piedras, con su cabeza apoyada en la cima.

—Voy a levantarlo —dijo con calma. Al intentar moverlo, sintió que pesaba más de lo que debería pesar un perro de esa contextura, por lo que decidió dar un jalón fuerte para ver si podía girarlo—. Uno, dos, tres, —gritó mientras hacía un gran esfuerzo que logró girar con éxito el cuerpo del perro.

La sacudida ocasiono que de su vientre se abriera un orificio lineal, de aproximadamente 15 centímetros, del cual brotaron varias rocas ensangrentadas, acompañadas de un chorro de sangre mezclado con tierra que cayeron al suelo de forma estrepitosa, untando todo el piso, incluso sus zapatos.

Julián

Con una sensación de mareo y dolor de cabeza, Julián abrió sus ojos poco a poco.

—¿Dónde estoy? —preguntó al tiempo que percibía un sabor metálico en su boca, proveniente de la sangre que emanaba de sus encías. Adormilado y con la vista borrosa, logró identificar un poco el entorno en el que se encontraba—. Estoy en un corral o un granero —se dijo desorientado.

Al intentar moverse, sintió que sus manos y pies estaban amarrados con una soga sobre su espalda, cosa que le hacía muy complicado ponerse en pie. *"Parece que estoy solo, ¿dónde están los músicos?"*

—Bueno, muchachos, parece que ya nos libramos de aquel tipo, —escuchó Julián, proveniente del pasillo junto al granero en el que se encontraba. *"¿Serán ellos?"*.

Escuchando el sonido de pasos cortos que cruzaron a través de la única puerta que daba a una salida, Julián comenzó a temblar de miedo. *"Debo hacer algo, no quiero que me vean"*. Arrastrándose por el suelo, llegó a una especie de pila de heno que se encontraba en la esquina opuesta a la entrada. *"Si me hago debajo de esto, no me encontraran"*.

Con su rostro sobre el suelo y utilizando su boca, logró ocultarse dentro de la pila de heno sin dejar rastro de sus movimientos. *"Espero no me vean aquí"*, susurró mientras se asomaba por una pequeña hendidura.

Los tres músicos entraron en la habitación, hablando en voz alta.

—Parece que este granero es de un anciano de este pueblo —dijo Cris con confianza.

—Pues, por lo que vimos, este granero y la casa grande que hay aquí al lado, son como una especie de asilo para ancianos y para pendejos con retraso mental o algo así —replicó Raúl mientras alzaba su mirada haciendo un barrido del granero—. ¿Y el gordo?

—Como que se escapó, dejémoslo así —respondió Tomás con algo de tranquilidad.

—No pienso dejarlo así, la verdad, yo quiero probar ese culito —dijo Cris de forma altanera.

—¿Ustedes han matado una persona alguna vez? —preguntó Raúl con sus ojos brillantes.

Un gesto de asombro se develo en el rostro de Tomás.

—¡No! ¿Qué te pasa? Estás loco o qué, ¿cómo dices esas cosas? no somos asesinos.

—Pues, para serte sincero, la idea de matarlo no es mala, siempre había pensado que sería interesante hacer eso alguna vez —habló Cris con una voz suave unos metros atrás de Tomás—. En este pueblo no creo que despierte alguna sospecha —continuó en un tono cínico.

Sorprendidos, todos en la habitación dirigieron su mirada hacia Cris, incluso Julián, en su escondite.

—Estaba pensando en dispararle, ¿qué dices, Cris? —preguntó Raúl con picardía—. Quiero ver si pegándole un tiro en ese obeso cuerpo, morirá más rápido o más lento.

—¿Qué les pasa, muchachos? Están hablando de matar a alguien, no lo puedo creer —replicó Tomás mientras empujaba a Cris arrinconándolo a la pared cerca a la puerta.

Cris sonrió y con un tono burlón comento.

—Todos cuando somos niños tenemos fantasías, la mía siempre ha sido ver morir a alguien en mis manos.

Tomás, con enojo y decepción, le dio una cachetada en la mejilla, lo cual resintió a Cris que se alejó de la pared sosteniendo su rostro con su mano izquierda, se acercó de nuevo junto a Tomás y lo tomó del cuello.

—No te atrevas a golpearme, maricón, aquí el único, que hace esas cosas, soy yo.

Seguido de ello, con su mano izquierda en forma de puño, golpeó a Tomás fuertemente en su abdomen, tan duro que lo dejo sin aliento.

Sorprendido, Julián hizo un pequeño movimiento que sacudió un poco de heno sobre él, lo que despertó la curiosidad de Raúl; Tomás, adolorido, empujó a Cris a la esquina de la habitación y salió del lugar casi gateando por el dolor en su estómago.

—Parece que vi un lindo cerdito —dijo Raúl mientras se acercaba al final de la habitación donde se encontraba la pila de heno—. Sal de ahí, gordito, sé que estas debajo de esta paja.

¡Pum! Sonó un disparo que hizo retorcer a Julián dentro de su escondite.

—Parece que no le di —dijo Raúl con una sonrisa grande dibujada en su rostro. Disparó en una segunda oportunidad fallando nuevamente.

—¡Aquí estoy! —gritó Julián arrastrándose hacia fuera de la pila de heno.

Tomándolo del cabello, Raúl lo haló hasta el centro de la habitación.

—Toma —dijo Raúl mientras le pasaba su arma a Cris.

—Dispárale tu primero, es tu fantasía ¿no es así? ¡mátalo!

Cris temeroso tomo el arma y comenzó apuntar a la cabeza de Julián.

—¡Espera, espera! —gritó Julián—. Sé que no comenzamos bien tu y yo, no te lo niego, me había sentido un poco atraído por Tomás, pero después del beso que me diste, no sé qué me hiciste —exclamó Julián agitado respirando por su boca—. No dejo de recordarlo, jamás en la vida había probado unos labios como los tuyos, ese sabor dulce y varonil al mismo tiempo me derritió —continúo hablando intentado hacer una voz seductora.

—¡Cállate, gordo asqueroso! —gritó Raúl mientras le golpeaba la espalda con una patada.

—Espera —dijo Cris dirigiéndose a Raúl—. Quiero oír qué propone.

—Tú dijiste que nadie se había negado a ti, ya descubrí por qué, son tus besos, de verdad son muy excitantes, —dijo Julián mientras se arrastraba cerca de Cris.—. Tú dijiste que querías este culito, pues ahora te digo que este culito quiere probar tu pene —continuó mientras pasaba su lengua mojando sus labios de forma provocadora.

—Este gordo cari-bonito quiere verga, —dijo Cris—. Pues verga va a tener —exclamó mientras se comenzaba a desabrochar el cinturón de su pantalón.

—¡Malditos maricas! en lo único que piensan es en sexo, —comentó Raúl mientras se hacía a un lado y se sentaba sobre un bloque de heno. Cris tomó de la cintura a Julián y lo levantó en forma que sus glúteos quedaran expuestos.

—Este culito se ve hasta rico —dijo Cris mientras terminaba de bajar sus pantalones y quedaba en ropa interior. Julián con sus manos atadas a su espalda no pudo evitar que su rostro se arrastrara sobre el piso.

—Síííí —gemía Cris en tono excitado.

Con la mano derecha, Cris comenzó a tocar el pene de Julián, frotándolo con la yema de sus dedos, sobre el pantalón, mientras con su mano izquierda intentaba desabrochar su correa para poder bajarle los pantalones.

—Gordo arrecho —susurró Raúl sentado en el heno y observando dicha escena, sintió una emoción un poco extraña.

*"Pensándolo bien, ese gordo no tiene mal culo"*, pensó girando su cabeza enfocando los glúteos de Julián.

Terminando de bajar los pantalones de Julián, Cris continúo retirándole la ropa interior, hasta dejar sus genitales expuestos.

—¡Qué rico tienes ese culo, gordito!, espero disfrutes esto, tanto como yo lo voy a disfrutar —dijo Cris mientras tomaba su miembro con ambas manos.

Realizando un gran esfuerzo, Cris se lanzó a penetrar a Julián, pero no pudo al primer intento, lo cual lo lastimo.

—Aaa, con calma, mi amor, mi culito estará ahí para ti, no lo lastimes —dijo con su nariz aplastada sobre el suelo.

—Sí, tienes razón, seré más cariñoso —respondió Cris mientras escupía en la punta de sus dedos y los pasaba sobre su miembro para lubricarlo un poco.

Raúl, mientras observaba el coito comenzó a tener una erección. *"¿Qué es esta mierda?, no puedo creer que mi pene le arreche esto"*, pensó sin darse cuenta que estaba haciendo gestos sexuales. Julián, aunque ya había tenido relaciones sexuales anteriormente, sentía mucho dolor en su cuerpo, a pesar de que Cris había prometido ser delicado.

—Despacio —dijo en voz baja.

Cris estaba siendo brusco, tanto que Julián comenzó a sangrar.

—Este marica gordo era virgen, —gritó Cris con emoción, acompañado de gemidos de excitación.

Julián, mientras soportaba su dolor en silencio, trató de observar a Raúl sentado sobre la pila de heno y logró percibir que estaba excitado con lo que estaba viendo, así que comenzó a llamar su atención.

—Oye, Raúl, ¿alguna vez has estado con un hombre? ¡creo que no!, pero veo que tu pene dice que le gustaría. ¿Por qué crees que los rumores dicen que una vez que pruebes el culo de un hombre, ya no regresas al de una mujer?

—Ven, Raúl, ven y pruebas este gordito, ya casi termino, tiene el culo cerradito, para que lo disfrutes; además, sangra como una puta virgen —dijo Cris mientras miraba a Raúl.

Levantándose del bloque de heno, Raúl comenzó a bajarse los pantalones, hasta quedar completamente desnudo de la cintura para abajo.

—Te voy a hacer llorar, gordo calentón —dijo con una expresión de excitación en su rostro.

—Dame un momento, —expresó Cris mientras aumentaba la intensidad y la fuerza de sus movimientos.

—¡Aaaa! —gritó al tiempo que sus ojos revelaban un orgasmo—. Listo, terminé.

Raúl tomo a Julián de las piernas y las estiró, haciendo que quedara completamente sobre el suelo.

—Nunca había hecho esto, gordo, así que tenme paciencia y trátame con cuidado —dijo mientras tomaba su pene con la mano derecha y lo introducía en Julián.

Sin tacto alguno, Raúl comenzó a lastimar a Julián, aparte de la presión que ejercía sobre sus piernas, tenía movimientos bruscos y grotescos, acompañados de golpes con sus nudillos a nivel de las costillas y de gritos molestos.

—Eso te gusta gordo, ¡así!, ¿qué te maltraten?

Mientras Raúl lo golpeaba y penetraba, Julián con su rostro lleno de angustia levantó su mirada en dirección a la puerta donde creyó ver la sombra de una persona observándolos, al momento de enfocar mejor su vista, fue interrumpido por Cris quien visiblemente emocionado se interpuso poniendo su pene frente a su cara.

—Limpia tu sangre, maldito gordo —dijo restregando sus genitales en el rostro de Julián. Esparció sangre por todo su rostro, luego le dio una seguidilla de puños que le rompieron la nariz y las cejas, cosa que hizo llorar a Julián.

—No me maltrates el rostro, por favor.

—Por fin lloro este gordo, eso era lo que faltaba, un hombre de verdad —gritó Raúl mientras daba gemidos de excitación.

Cris se levantó del suelo y se dispuso a ponerse la ropa, mientras que Raúl aún continuaba en sus actos violentos.

—¿Qué pasa?, nos estábamos divirtiendo, —dijo Raúl mirando a Cris.

—Ya estoy cansado, termina de una vez para acabar con este gordo e irnos.

Raúl aumento sus movimientos e inicio a dar golpes con los codos sobre la espalda de Julián.

—Ya casi gordo, ya casi, —sollozó acompañado de un suspiro largo, que Julián percibió eterno.

Al terminar dicha exhalación prolongada, Julián sintió cuando Raúl finalizo.

—Bueno, la verdad lo disfruté mucho, maldito gordo —dijo mientras se ponía de pie al frente de Julián y comenzaba a vestirse.

—¿Qué vamos a hacer con él? —preguntó Cris.

—Pues matarlo, ¿no era ese el plan?

—Ok vamos, pero hazlo tú, yo estoy muy cansado. Con su rostro golpeado untado de sangre, su cuerpo maltratado y adolorido, Julián se dio la vuelta para observar a los ojos a Raúl.

—No lo hagan, por favor, ¿no nos divertimos? déjenme ir y no diré nada, ni siquiera los conozco, se los juro.

Apuntando a su rostro con el arma Raúl se dispuso a presionar el gatillo.

—Lo siento, gordito, no es personal, sólo es diversión.

Julián, mirando a los dos parados enfrente suyo, decidió cerrar sus ojos, para no observar el momento del disparo.

*"Trate de hacer tiempo lo más que pude, si este es mi destino, pues que así sea"*, pensó. Mientras ellos estaban de pie, Julián entró en pánico e inicio un llanto disimulado, al tiempo que presionaba sus ojos cerrados con fuerza; Raúl giró un segundo en dirección a Cris y

pudo observar la ambición reflejada en su rostro, acompañado del deseo de destruir y la sevicia de quitar una vida sin remordimiento.

—Despierta, Raúl, ¿qué te pasa? —preguntó Cris sacudiendo a Raúl que se había distraído un momento.

Justo al momento de apretar el gatillo, Raúl y Cris sintieron cómo sus rostros eran apresados en una bolsa de tela oscura con el fin de cegarlos, desesperado, Raúl comenzó a disparar en varias direcciones, intentando atinar a alguien, pero sin ninguna fortuna.

Dos hombres detrás de ellos, un anciano y otro gordo corpulento les inyectaron una sustancia en sus cuellos, la cual hizo que se durmieran al instante, Julián tendido en el suelo, no podía imaginar qué era lo que estaba sucediendo.

*"¿Por qué habrá fallado?"*, pensó aliviado Julián mientras apretaba más fuerte sus ojos. Luego de un tiempo, no pudo diferenciar sonido alguno, así que decidió abrir sus ojos, con la sorpresa de que se encontraba solo en el granero y con sus ataduras casi rotas, como si alguien las hubiera cortado para liberarlo.

—¿Qué está pasando? ¿dónde están los músicos?

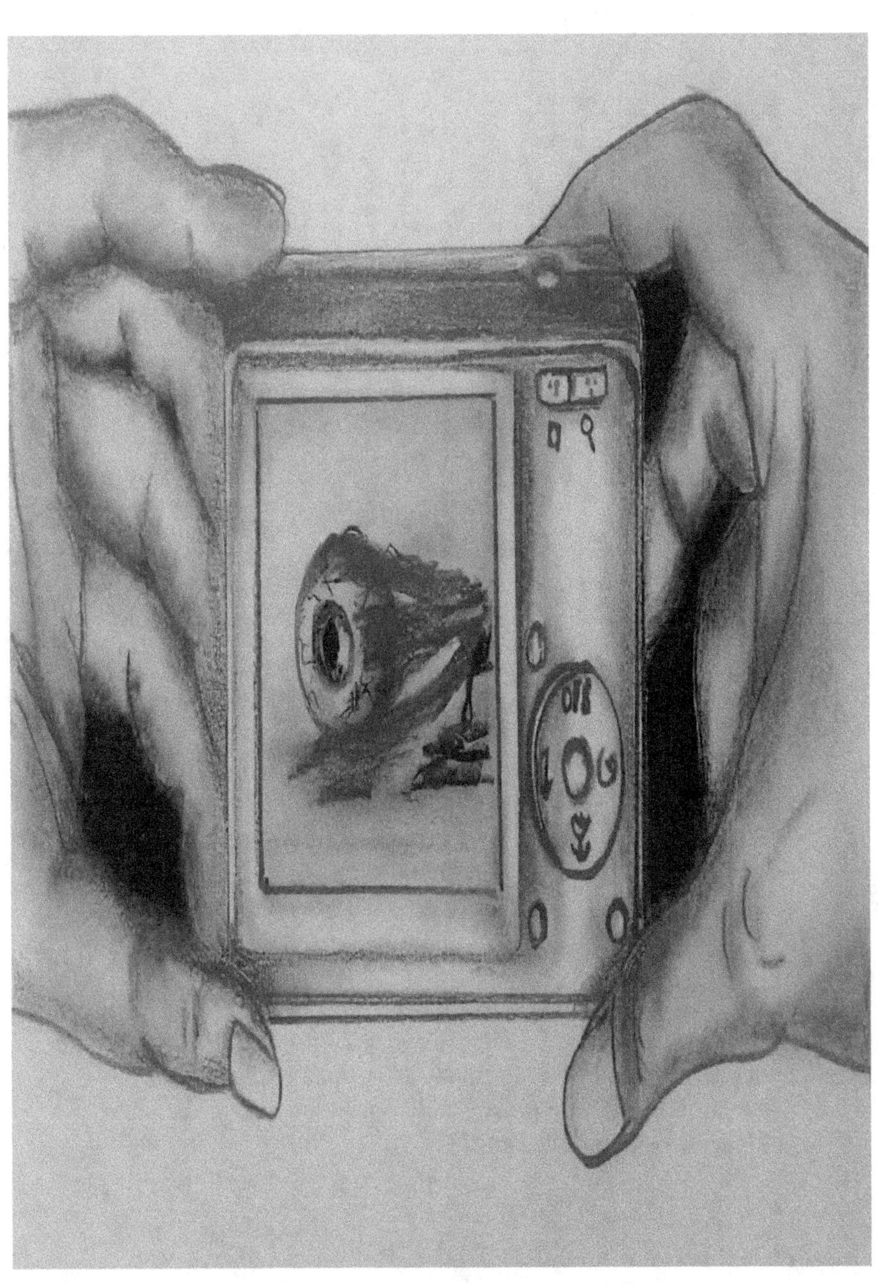

CHarlie

Charlie, consternado por el comentario de Eddie, caminó hasta una esquina de la sala.

—¿Cómo así que es la oreja de tu padre? ¿está bien?

—La verdad no quiero hablar de eso; además, no es algo que te incumba.

—Mejor cuéntame, estás buscando a tu amigo, ¿dónde crees que pueda estar?

—Yo creo que debe estar en la fiesta del señor Cortés, lo más probable es que se haya dirigido hasta allá, ¿tienes un teléfono?, para poderlo llamar —murmuró con pena.

—No, la verdad hace unos días no hay señal de telefonía en el pueblo, lo mejor es ir hasta la dichosa fiesta —replicó Eddie mientras tomaba una escopeta que estaba al lado del sillón de la sala

*"Una escopeta intimida más a un hombre que cualquier cosa"*, pensó al tiempo que miraba a Charlie con propiedad.

Tomó unas llaves que estaban en el comedor y le pidió el favor a Charlie que recogiera una cámara fotográfica que tenía sobre el sofá.

—Por favor, trae esa cámara digital que está ahí, —dijo Eddie apuntando con su dedo.

Charlie se acercó al sofá y estiró su mano derecha para tomar la cámara, luego regresó lentamente hasta donde se encontraba Eddie, un poco pensativo se quedó observando la cámara detalladamente, intrigado expresó.

—Esta es una gran cámara, hasta tiene la capacidad de tomar buenas fotos en la oscuridad.

—Sí, era de mi novia, ella era fotógrafa profesional.

—Ha por cierto ¿qué pasó con ella? ¿porque estaba en los matorrales de enfrente? —preguntó sin darse cuenta que Eddie había puesto su rostro bajo y tenía una expresión de tristeza.

—La verdad es algo de lo que tampoco quiero hablar.

Eddie sacudió su cabeza rápidamente y se dio un par de cachetadas en las mejillas con la intensión de despertar.

—Recuerda, aquí no hay nosotros, sólo estoy yo, el alguacil resolviendo un caso y tú eres mi acompañante, ¿entendiste? —preguntó Eddie con seriedad, a lo que Charlie respondió con un movimiento de aceptación con su cabeza: —Vámonos.

Mientras salía de la casa con la incertidumbre de ver si aún estaba aquella mujer en los arbustos, Charlie se quedó mirando los matojos intentando divisar algo.

—Sube y quédate quieto, el camino es largo, hay que cruzar todo el pueblo y subir una montaña empinada, la casa del señor Cortés es la última de LostVille.

Eddie subió a su camioneta y dio marcha en ella sobre un camino destapado cubierto de arbustos, ramas y piedras que entorpecían el viaje.

*"¿Que habrá pasado con Eddie?"*, se preguntó Charlie, al tiempo que lo observaba muy pensativo, casi distante, como si su mente tuviera problemas que resolver. Sin querer interrumpir sus pensamientos, tomó la cámara y preso de su curiosidad, comenzó a ver las fotos que había en ella. *"¿Será que hay algo aquí que me dé respuestas sobre el papá y la novia de Eddie?"*, mientras tapaba con su mano izquierda la luz que emanaba de la pantalla de la cámara para que Eddie no lo descubriera.

Pasando foto tras foto, observó paisajes, fotos de una mujer anciana, un perro gran danés muy bonito, praderas, lagos, una cascada de agua cristalina. *"Esta mujer toma muy buenas fotos"*, se dijo.

Pasando las imágenes, se detuvo en una muy curiosa, parecía una foto del mismo perro gran danés, sólo que estaba muerto, tenía una lesión abierta por todo su abdomen y no se podían observar sus órganos, *"¿está vacío?"* Con un poco de susto, guardó bien la compostura para disimular ante Eddie, mientras continuaba pasando imágenes.

*"Creo que ya no hay nada más feo"*, pensó un poco más tranquilo.

Llegando al final de las fotos, nuevamente se encontró con algo extraño, parecía un charco de sangre coagulada, la cual tenía un aspecto raro, estaba demasiado oscura y muy viscosa, más de lo normal; esto le hizo recordar el líquido que vio en la cabaña cuando estaba buscado a Julián, *"¿será esa la misma sustancia?"*.

Continuando su incursión en las fotografías, se topó con algo aun peor, parecía ser un ojo humano, recubierto de esa sustancia pegajosa. *"¿Esta foto será falsa?"*. De ahí en adelante, las fotos develaban más partes humanas, observó orejas, mechones de cabello, tiras de piel gruesas y una nariz en el suelo de una habitación; dichas imágenes le hicieron recordar una película de terror.

*"Algo tenebroso el contenido de esta cámara, de seguro son falsas, esta chica debe trabajar editando fotos"*, se dijo con intriga, pero deseando continuar.

Pasó más y más fotos, hasta llegar a una particular, una mujer viéndose al espejo, con sus crespos dorados, su nariz respingada, su piel lisa y delicada y sus ojos de color verde intenso, muy parecida a la joven que recordaba dentro de los arbustos.

Charlie siguió pasando una imagen tras otra hasta detenerse en una que le llamó la atención. El retrato de un señor junto a una puerta de una casa grande, de unos aproximados 50 años de edad, con el cabello lleno de canas y una pequeña barba que le recubría casi todo su rostro, de contextura delgada. *"Esos ojos"*, eran parecidos a los de la chica, de un color verde intenso, tanto que parecían brillar.

—Oye aquí todos en el pueblo ¿tienen los ojos verdes?

—¿Qué haces?, deja eso —gritó Eddie con preocupación.

—Sólo estaba viendo las fotos.

—¿De qué foto estás hablando? ¿quiénes tienen los ojos verdes? Ese es el señor Johnson y no tiene los ojos verdes, los tiene marrón — exclamó con confianza.

Charlie se quedó mirando detenidamente el rostro en la foto y reiteró.

—Pero mira, esos ojos son verdes, no sólo verdes, son casi brillantes. —Eddie detuvo la camioneta y tomó la cámara para detallar a fondo el rostro del señor Johnson.

—Sí, tienes razón, sus ojos son verdes, pero eso es muy extraño yo estaba el día que se tomó esa foto y te juro que vi sus ojos de otro color.

*"¿Será que el señor Johnson es uno de ellos?"*, se preguntó en voz baja.

Eddie hecho andar nuevamente la camioneta y le regresó la cámara a Charlie.

—Toma, continúa buscando, me avisas si encuentras algo —dijo mientras retornaba a su estado de preocupación un poco distraído.

—Voy a ver qué puedo encontrar. No veo nada más, —expresó con duda. *"¿Será que le digo sobre los restos humanos?"*. Con una voz calmada le pidió a Eddie que detuviera el auto nuevamente. —Mira estas fotos, por favor, tal vez tu reconozcas algo.

Eddie frenó bruscamente la camioneta y tomó nuevamente la cámara, cerró un poco sus ojos para detallar bien cada imagen.

—¿Qué es esto? —dijo en voz baja, mientras observaba cada fotografía, los fragmentos humanos, la sangre, el cabello y especialmente el ojo que estaba sobre el suelo. —Estos son los restos de Leonor.

—¿Leonor es tu novia? —preguntó Charlie sin pensar, a lo que Eddie respondió con un movimiento de aceptación con su cabeza.

—Te voy a contar algo, espero lo tomes con seriedad. —Charlie sin dudarlo respondió de forma inmediata.

—Claro que sí.

—Ok, desde hace unos días están ocurriendo cosas extrañas en este pueblo, es como si algo hubiera llegado del cielo o de los infiernos, no sé", parece que su objetivo es copiar a las personas, es difícil de explicar, la gente del pueblo se está perdiendo de sus casas, se alejan de sus familias por un tiempo y luego regresan como si nada hubiera pasado, pero después de volver, no son las mismas, actúan de forma diferente, como si no tuvieran alma, como si algo los poseyera, yo he visto como algunos pierden partes de su cara, sus orejas, nariz, hasta los ojos se desprenden de su rostro como cuando uno pierde un diente de leche, —continuó seguido de una inhalación profunda. Charlie con expresión de asombro continuó preguntando.

—¿O sea que algo llega y simplemente se lleva a las personas y luego se hace pasar por ellas? —Eddie

respondió moviendo su cabeza en señal de aceptación. —
¿Qué pasa con las personas que secuestran?

—No lo sé.

Pasados unos minutos en silencio, Eddie encendió
nuevamente el motor de la camioneta y se dispuso a
continuar con su camino, recorrieron varios kilómetros
sobre la carretera hasta llegar a una calzada inclinado al
inicio de una montaña.

—La mansión del señor Cortés queda al final de este
camino, en la cima de la montaña —dijo Eddie de forma
tranquila, mientras daba marcha subiendo la pendiente.

Charlie se quedó pensativo el resto del recorrido,
observando por la ventana el pasar de los árboles y
matojos a tan sólo un metro de la carretera. *"¿Dónde
mierdas estoy?"*. Mientras más subían por la trocha, más
sentimientos de incertidumbre transitaban por su interior.

—Ya estamos cerca, casi puedo escuchar la música
—dijo Eddie mientras sacudía la espalda de Charlie con su
mano. En un instante, Charlie se dejó llevar por sus
sentimientos y comenzó a llorar de forma que Eddie no se
diera cuenta.

*"Y si Julián no está, y si se lo llevaron esas cosas,
¿cómo lo voy a encontrar?"* repetía constantemente *"¿y si
está muerto?"* se preguntó con desespero y temor en su
rostro. De repente, comenzó a escuchar música, algo
imperceptible, ya que aún estaban lejos, giró su rostro en
dirección a Eddie y cuando fue a decir una palabra, algo lo
detuvo; un frío estremecedor como hielo, levantó su
mirada nuevamente a los matojos del camino, donde pudo
observar unas luces en las penumbras, como puntos de

color verde brillante, tan lejanos que no lograba detallar si tenían forma, o de dónde provenían.

—Ya llegamos, —dijo Eddie con un gesto de consuelo. Al ver que no obtuvo ninguna respuesta, lo golpeó suavemente en su hombro—. ¿Qué te pasa?, te estoy hablando, ya llegamos a la fiesta.

Con un brinco leve, Charlie volvió en sí y dirigió su mirada sobre Eddie.

—Gracias, eeehh, vamos a buscar a Julián, —dijo mientras abría la puerta de la camioneta.

Al tiempo que descendía de la camioneta, Charlie continúo observando los arboles a la lejanía, intentando identificar qué era lo que había visto, pero no le fue posible, las luces ya se habían apagado.

—¡Qué bueno que llegaron, los estábamos esperando! —dijo una hermosa chica que los recibió en la entrada de la mansión.

—Muchas gracias, respondió Eddie de forma cordial.

—Aquí, entre nosotros, esta fiesta esta súper prendida, no pensé que fuera a estar así, pero todos aquí son muy amorosos, —continúo hablando la chica. —Tomen esto, es un cupón para que les den un trago y comida, sigan por favor y disfruten de la fiesta.

—¿Ustedes tienen teléfono? —preguntó Charlie.

—Sí, pero la verdad, desde hace varios días no funciona, como si hubiera pasado algo con la comunicación del pueblo.

Charlie y Eddie caminaron hasta entrar al salón principal de la mansión, donde había mucho ruido, la música estaba a todo volumen y luces fluorescentes que cegaban por sus movimientos parpadeantes y su intensidad.

—Vaya fiesta, —dijo Eddie.

Posados justo sobre la entrada del salón, Charlie logró escuchar a un grupo de personas a su lado derecho en una mesa vociferando.

—Habían contratado un grupo de músicos de rock o algo así, pero, al parecer, le quedaron mal al señor Cortés, —dijo uno de los personajes en la mesa.

—Creo que uno de los músicos es el mozo del hijo del señor Cortés, por eso los contrató, —respondió otro sujeto.

Tomándolo del hombro Eddie se acercó a Charlie y en voz baja le dijo.

—Tenemos que buscar a tu amigo, vamos a separarnos y nos vemos aquí en la puerta en una hora, dime ahora cómo es él.

—Él es alto, es gordo, con una nariz respingada y sus ojos son de color azul, trae puesta una camisa de color rosa con rayas moradas y un pantalón azul oscuro. —Eddie le dio un par de palmadas en la espalda y se alejó un poco de él.

Charlie giró su cabeza en torno a Eddie y notó que había quedado paralizado, se acercó y le preguntó si se encontraba bien, porque pareciese que había visto algo. Al subir su mirada, Charlie notó que Eddie estaba observando fijamente un hombre algo mayor dirigiéndose directamente a ellos, era de unos 40 o 50 años aproximadamente, lucia muy elegante con una camisa a cuadros azul con negro, un pantalón oscuro, su rostro demostraba confianza, tenía un par de canas alrededor de las cienes, ojos negros y una piel muy delicada y fina.

—¿Quién es él?

—Es mi padre. —Con una expresión de temor, Charlie detalló al sujeto y quedó inmovilizado al observar que no tenía ninguna imperfección en su cuerpo.

—Hola, hijo, hace mucho no te veo.

Sin dar aviso, se aproximó hasta el rostro de Eddie que seguía paralizado del asombro y de forma cariñosa le dio un pequeño beso en la mejilla derecha, luego giró su rostro y le dio otro pequeño beso en la mejilla izquierda y, por último, le tomó con sus manos la cabeza y le dio uno más en la boca.

## Eddie

—Tenemos que sepultar a Rufo —dijo Leonor mientras tomaba algunas fotos con su cámara.

—Tienes razón, no podemos dejarlo aquí —respondió Eddie mientras tomaba una rama gruesa de árbol que estaba en el suelo y con fuerza comenzaba abrir un hueco cerca al montículo de piedras—. Ayúdame a levantarlo, Leonor.

—Claro si, yo levantó sus patas.

Ya con el hueco terminado, Eddie llamo a su padre para poder enterrar a Rufo.

—Tráelo, padre, ya está la tumba.

Entre los 3 cargaron a Rufo y lo arrojaron al orificio en el suelo, luego tomaron tierra con sus manos y continuaron llenando el espacio, hasta cerrar el nicho completamente.

—Ya terminamos, por fin, no puedo creer que alguien allá hecho esto. Rufo era un buen perro, no se metía con nadie —exclamó Leonor mientras observaba el montículo de tierra que ahora sería el hogar de Rufo—. Adiós, buen amigo, fuiste un gran perro.

Pasados unos minutos en silencio, decidieron regresar a la casa rosa. —Tenemos que contarle todo a mi abuela.

Ninguno de los tres dijo una sola palabra mientras caminaban de regreso, debido a que sus mentes estaban perdidas haciendo conjeturas e intentando hallar pistas; *"jamás se había visto algo así en este pueblo"*, pensaba John.

—Vamos rápido, no quiero seguir aquí, —exclamó Eddie dando pasos largos tratando de apresurar su marcha.

—Ya descubrimos el paradero del perro, ahora hay que buscar quién hizo esto, no parece obra de alguien de por aquí, esto tiene inteligencia y lo peor también tiene sevicia, apuntó John preocupado, frunciendo el ceño.

—Abuela ¿dónde estás? —gritó Leonor mientras entraban por la puerta trasera de la casa.

—En la sala, hija.

Los tres llegaron hasta la sala y vieron a Clara sentaba en la mesa del comedor con una copa de vino en su mano.

—Pasó algo terrible abuela —gritó Leonor mientras corrió a darle un pequeño abrazo.

—Señora tenemos que hablar sobre Rufo —esbozó John con un gesto de seriedad.

—Rufo ¿está bien? —preguntó con angustia. Los tres, casi al mismo tiempo, bajaron su rostro profetizando la tragedia que le iban a contar.

—Déjeme le cuento lo que vimos, señora —exclamó John con un tono grave.

—No puede ser, mi Rufo.

Sentados en la mesa principal, procedieron a contar todo lo sucedido, por supuesto, obviando ciertos detalles escabrosos de la historia, que no venían al caso en el momento.

Leonor, en medio de la charla, la seriedad de John y los sollozos de su abuela, le hizo una mirada a Eddie, indicándole que fueran al cuarto contiguo para estar a solas, a lo que Eddie accedió de inmediato, *"y está ¿qué querrá?"*; se levantó de su silla con la excusa de ir al baño y se dirigió a la habitación de junto. Pasado un momento, Leonor se puso de pie y comenzó a estirar sus brazos.

—Estoy algo cansada, me voy a mi cuarto, hasta luego.

Escondidos tras la puerta de la habitación, Leonor tomó el rostro de Eddie con ambas manos y dijo en un tono suave y seductor.

—¿Sabes? lo de hoy me tiene excitada, ¿por qué no te quedas?, podríamos divertirnos un rato.

Su mirada fija no perdía de vista los ojos de Eddie, al tiempo que respiraba profundo y un poco acelerado.

—¿Qué pasa, no te gusto?

Acercó sus labios a los de él y le dio un tierno beso sensual, con una pequeña mordida delicada a su labio inferior.

—¿Que dices?

Eddie no había tenido una relación en mucho tiempo, y, la verdad, estaba algo oxidado en el tema de tener una mujer en la cama. Leonor con la palma de su mano trato de tocar los genitales de Eddie, a lo que él respondió con un movimiento rápido hacia atrás.

—No, espera, no puedo hacer esto en la casa de tu abuela, ¿por qué no nos vemos en el parque y comemos algo primero?

—Está bien, mañana ¿te parece? contestó Leonor mientras cerraba los ojos haciendo un puchero.

—Claro, perfecto, nos vemos a las 4:00 pm.

—Eddie, ya nos tenemos que ir, —gritó John desde la otra habitación, mientras tomaba sus cosas y se preparaba para ir a la camioneta.

—Ya voy, padre.

Mientras John caminaba a la salida, de la puerta contigua a su mano derecha entro Eddie a la sala con un rostro de picardía y lujuria, lo cual hizo que John levantara su mirada sobre su hombro izquierdo y lograra ver la cara de Leonor intentando esconderse tras la pared, regresó su mirada a Eddie y sonrió.

—¿Ya estás listo, hijo, o quieres que demos otra vuelta?

—No te preocupes, vámonos ya.

—¿Qué le habrá pasado a Rufo, padre? ¿quién podría hacer algo así?

—No tengo idea, pero no me gusta la actitud del señor Johnson.

—Habrá que hablar con él más adelante.

John encendió el motor de la camioneta y dio marcha en dirección a su casa.

—Parece que te gustó esa joven —dijo John con una sonrisa.

—La verdad sí me gustó padre, quedamos de vernos mañana.

—Bueno, es muy bonita, esperemos a ver con que sale.

Eddie, visiblemente emocionado se fue todo el trayecto a casa con una sonrisa de oreja a oreja, cosa que desconcertó a John, *"es muy inocente, espero que no le pase nada, no sé por qué, pero esa chica no me agradó del todo"*, pensó mientras lo observaba con nostalgia. *"Por otro lado, lo que le pasó al perro fue algo horrible, esto me indica que hay un asesino de animales escondido en el pueblo y por mi experiencia juraría que no falta mucho tiempo para que comience a matar personas"*.

Llegando a casa, John, mirando por su ventana, logró observar varios avisos pegados por todas partes. "SE BUSCA" leyó en diferentes carteles pegados en árboles y casas que se cruzaron en el camino:

¡SE BUSCA! SKIPER UN PERRO DE RAZA
DÁLMATA.
¡SE BUSCA! ROSTY UN PERRO DE RAZA
FRENCH POODLE.
¡SE BUSCA! RAMBO UN PERRO DE RAZA
SCHNAUZER.
¡SE BUSCA! SANSÓN UN PERRO CRIOLLO.
¡SE BUSCA! ROONEY UN PERRO DE RAZA
PUG.

*"¿Cuántos perros desaparecidos?, esto es nuevo"* pensó mientras conducía, al tiempo que aceleraba el pasó para llegar a su casa lo antes posible. Llegando a casa, mientras John estacionaba la camioneta en frente sobre la calle, Eddie se bajó con rapidez, corrió hasta la entrada, abrió la puerta y desapareció.

—Nos vemos ahora, padre.

—Tranquilo, muchacho, te vas a caer.

Terminando de parquear la camioneta, John sintió un frio escalofriante que recorría su espalda, como si lo acechara una mirada penetrante.

—¿Hay alguien aquí? —gritó en dirección a los arbustos de la cancha, sin tener una respuesta.

*"Ya me estoy volviendo loco"*, se dijo mientras bajaba de la camioneta. Observó un rato con tranquilidad el pueblo y decidió caminar un poco en dirección al parque central.

Envuelto en sus pensamientos, John llegó hasta una de las esquinas del parque donde logró divisar un hombre tendido en el piso de un andén frente a una de las casas cercanas, corrió hasta él con el fin de ayudarlo.

—¡Oye! —gritó John apurado—. Ah, eres tú, Juan ¿qué haces ahí tirado en el piso? ¡Levántate! —continuó mientras le daba un pequeño golpe con su pie en la pierna derecha—. Yo sé que te gusta tomar, Juan, pero ya pareces el borrachín del pueblo, haragán y problemático.

Al intentar moverlo, John notó que tenía los ojos inflamados de tanto llorar.

—¿Que te pasó, Juan? —preguntó con preocupación en su voz.

Juan es reconocido como el vagabundo del pueblo, como una persona muy alegre y jovial, por lo que verlo llorar no era algo común.

—Mi Fufi, mi hermosa Fufi, la mataron —respondió en medio de gritos y lloriqueos.

Fufi es la compañía de Juan, a donde él iba, siempre lo seguía su mascota, una cachorrita criolla que había adoptado hace más de un año.

—La encontré en la cancha de futbol con el estómago abierto y lleno de piedras.

—No te preocupes, Juan, yo encontrare al culpable y lo hare pagar, te lo prometo.

Al cabo de unos minutos, Juan se tranquilizó, por lo que John se alejó con cuidado.

—Voy a ir a investigar ya mismo —dijo John mientras caminaba en dirección a la cancha de futbol.

*"¿Quién le habrá hecho eso a Fufi?"*, pensó al tiempo daba unos pasos cerca a la cancha. Ingresó rápidamente a los arbustos y se dirigió directo al centro, atravesó matojos y maleza con mucho cuidado, luego comenzó a dar vueltas a la cancha por unos minutos buscando alguna pista. *"Estoy seguro que debe haber algo"* pensó impaciente con su mirada en el suelo. Recorrió gran parte del terreno hasta encontrar un rastro de sangre, que llamo su atención. *"Esta sangre es roja, se ve normal"*. Al avanzar unos pocos pasos rodeando la mancha, logró detallar algo más, era otra mancha de sangre, sólo que esta estaba más espesa y con un color negro como el carbón, por lo que tomó un pañuelo de su bolsillo y decidió recoger las dos sustancias para llevarlas hasta su casa y poder examinarlas más a fondo.

Buscó alguna otra pista sobre la cancha, pero no tuvo suerte, así que caminó hasta su casa, llegó a la entrada y trato de abrir la puerta con el menor ruido posible, intentando no llamar la atención de Eddie creyendo que estaba dormido, caminó suavemente hasta llegar a la mesa del comedor y allí extendió el pañuelo con las dos sustancias que había recolectado.

—Papá ¿qué haces?

—Creí que estabas dormido hijo, me asustaste.

—Ven rápido y te muestro algo que descubrí.

—¿Qué es eso, sangre?

—Sí, huelen a sangre. Mira, hijo, creo que hay algún animal que esta matado los perros de la ciudad.

—¿Los perros?

—Sí, hijo, fui a dar un paseo por el parque y pude ver muchos carteles de mascotas desaparecidas por todas partes, además, Fufi, la mascota de Juan el vagabundo, también la mataron, le sacaron sus órganos y la llenaron de piedras, tal y como le pasó al perro de la señora Clara.

—Y ¿de dónde sacas que es un animal?

—Mira, esta sangre es roja, típica de cualquier animal, pero si detallas esta otra, es una sangre más espesa y con forma y color muy parecida a la ceniza; además, que aún está muy pegajosa, no como la otra que ya está seca, —continuó mientras acercaba el pañuelo a los ojos de Eddie—. Eso no pasa en los humanos, esta es la sangre de algún animal, uno no muy conocido.

—Ok, padre, sí, sangre de ceniza, parece un poco incoherente ¿no crees?

—Puede sonar algo raro, pero esta sustancia no es normal; además, también la vimos en casa del señor Johnson ¿lo olvidaste?

Eddie respondió con un movimiento de su cabeza algo sarcástico.

—Voy a descubrir qué está pasando en el pueblo y hallaré el responsable.

—Me voy a dormir, padre, mañana tendré una cita con Leonor y debo estar muy reluciente.

—Claro, hijo, espero se diviertan.

Eddie subió las escaleras tratando de hacer el menor ruido posible, al llegar a su habitación contempló su bate de béisbol, lo tomó y lo puso al lado de su cama, *"nunca he golpeado a nadie con esto, pero debe ser divertido"*, pensó mientras sonreía. Se acostó sobre su cama con la mirada puesta en el techo, intentando imaginar qué estaría haciendo Leonor en ese momento, *"como me gustaría estar con ella ahora, es tan hermosa"*.

Escuchando ruido de risas y voces que no lograba distinguir, Eddie despertó.

—Ja, ja, ja,

Una risa de mujer proveniente del piso de abajo. Se cuestionó si su padre tendría alguna visita.

*"Mi papá está con alguien, eso es muy raro, él nunca tiene visitas y menos de mujeres"*, caminó con mucho cuidado lleno de curiosidad hasta llegar a las escaleras, muerto de ganas de ver quién era la mujer misteriosa, que escuchaba reír a carcajadas, *"¿quién será esta mujer?"*, pensó al tiempo que arrastraba sus pies. Sus pasos eran cuidadosos, tal como una pluma descendiendo con el viento comenzó a bajar escalón por escalón sin hacer mucho ruido, sostenido sobre la punta de sus pies descendió, hasta llegar a un pequeño ángulo que visualizaba la sala de la casa. *"Ahora sí, aquí estas"* se dijo al tiempo que veía a la mujer en el primer piso. Con mucho asombro se dio cuenta que la mujer que le hacía compañía a su padre, era Leonor, *"¿será que no aguanto esperar hasta la tarde, para verme? ¡soy irresistible!"*, pensó mientras mordía su labio inferior al tiempo que detallaba a Leonor.

Pasó su mirada de pies a cabeza, haciendo un escaneo de su vestimenta ya que estaba más sugestiva que el día anterior, llevaba una camisa muy corta de color rojo la cual había enroscado con un nudo en el pecho, lo que dejaba ver su ombligo descubierto, una falda tipo jean de color negro muy diminuta, tanto que se podía observar el inicio de sus glúteos y unas botas negras que casi llegaban a sus rodillas. *"esa ropa está muy provocadora, parece que vino con la intensión de tener sexo"*.

Antes que Eddie bajara las escaleras para saludar a Leonor, escuchó de forma casual la conversación que tenían ellos dos.

—¿Dónde está Eddie? ¿sigue dormido?

Dio unos pasos lentos en dirección a John, el cual se encontraba sentado en una de las sillas del comedor justo enfrente de Eddie.

—Sí, la verdad él siempre se despierta tarde.

John llevaba solo muchos años desde la muerte de su esposa, así que no tenía contacto cercano con una mujer y mucho menos con una tan seductora como Leonor.

—Señor John ¿qué pasó con su mujer? preguntó con un tono de voz suave mientras caminaba en frente de la silla en la que se encontraba John

—La madre de Eddie murió mientras daba a luz.

John sentía nerviosismo por la vestimenta de Leonor; además, su forma de caminar y el tono de voz que estaba usando, hacían entender que se trataba de una conversación calurosa.

—O sea que usted lleva mucho tiempo sin estar con una mujer.

—La verdad sí.

—¡Eso es muy sexy! ¿sabe? A mí me gustan los hombres maduros.

John estaba inmóvil en la silla, aunque él entendía lo que estaba pasando, no hacía nada para detenerlo, concertaba con Leonor en todo. *"Es la primera vez, en muchos años, que una mujer tan sexy se acerca a mí"*, pensó John de forma abrupta, *"no puedo pensar estas cosas, es la chica de mi hijo"*, se dijo mientras apretaba los dedos de sus pies con fuerza.

—¿Le parezco fea?, señor John.

John retorciéndose en la silla no opuso resistencia.

—¿Usted no sería capaz de besarme? ¿así de fea soy? —continuó mientras acercaba su boca al oído derecho de John y le daba una pequeña mordida en la oreja.

John estaba hecho un manojo de sentimientos, quería separarla de sus piernas, pero el calor de su cuerpo lo tenía muy excitado.

*"A mí me han sido infiel antes, la verdad muchas mujeres me han lastimado, pero, ¿qué se hace cuando el que te lastima es tu padre?"* pensó Eddie llorando mientras veía la espalda de Leonor. Casi sin parpadear Eddie estaba observando toda la escena. *"No puedo creer esto"*, se dijo al tiempo que notaba a Leonor y su padre encontrar sus labios en un beso muy seductor, el cual no duró mucho, ya que John logró ver sobre el hombro de Leonor a Eddie observando todo escondido en la escalera.

—¡Aléjate! —gritó enojado mientras tomaba los hombros de Leonor y con un movimiento fuerte la separaba de forma abrupta—. Perdóname, hijo, de verdad no sé qué fue lo que me pasó, —exclamó John con un rostro de arrepentimiento.

Leonor giró su rostro en dirección a Eddie y de forma coqueta esbozo una sonrisa.

—Ya me tengo que ir —dijo mientras se levantaba de las piernas de John.

—¿Por qué haces esto, Leonor? —preguntó Eddie con angustia.

—No sé, por qué quería hacerlo.

Tratando de abrir suavemente la puerta, se detuvo y dirigió una última mirada sobre John.

—Nos veremos después, mi amor, te lo aseguro.

Leonor

Tan pronto se despidieron, John y Eddie de la casa, Leonor se dirigió rápidamente a su cuarto.

—Ten cuidado, niña, no te vayas a caer —gritó Clara desde el sillón en el que se encontraba.

Sin prestar mucha atención a las palabras de su abuela, Leonor llegó a toda prisa a su habitación, cerró la puerta de un empujón, salto sobre la cama y tomó su cámara con ambas manos. *"Tengo que ver bien qué fue lo que pasó hoy, esto está muy raro"*.

*"Que mal, ya se va a descargar, voy a ponerla a cargar un momento"* dijo en voz baja al tiempo que sacaba un cable del bolso que tenía recostado al lado de su cama. Con un rostro de impaciencia, Leonor comenzó a pasar foto tras foto, con la intensión de descubrir algo que tal vez se les haya pasado por alto. *"Tengo que ver bien que está pasando en este pueblo"* pensó mientras le hacía zoom a la imagen de Rufo. Sin encontrar mayor cosa en

esa foto, decidió detallar el retrato del rostro del señor Johnson, *"este sujeto es muy raro, además que tiene una piel muy perfecta, ni que se hubiera hecho un tratamiento, aparte esos ojos tan brillantes, ¡asustan!"* dijo con una voz suave con algo de intriga, al tiempo que seguía detallando la imagen, *"estoy segura que él tiene algo que ver con la muerte de Rufo, ¿debería ir a investigar a su casa?"*.

Llena de mucha energía, se levantó de su cama y comenzó a buscar en su armario una vestimenta un poco más discreta para ponerse, encontró una sudadera color gris oscuro y una blusa manga larga del mismo tono, *"ya con esto podre ir a casa del señor Johnson sin que me vean"*, esperó a la puesta de sol para poner su plan en marcha, con sus tenis negros y su ropa discreta salió por la puerta trasera de la casa.

—Abuela, ya vengo, voy a dar una vuelta aquí cerca.

—No te demores.

Caminó por todo el césped hasta llegar a los terrenos aledaños del señor Johnson.

*"¡Aaaa!, olvidé la cámara, la deje cargando"* pensó con estrés en su rostro al buscarla en su mochila sin tener éxito. Se detuvo un instante para meditar qué será lo mejor, si regresar o continuar, miró las estrellas un segundo y decidió continuar.

—Ya estoy aquí, no me regresaré.

Estando en los alrededores de la casa del señor Johnson, se acercó con pasos silenciosos hasta una ventana de la sala, la cual se encontraba entreabierta, se levantó un poco del suelo apoyándose en el borde de la ventana con ambas manos y con mucho esfuerzo logró observar la sala de la casa, *"parece que el señor Johnson no está, qué bueno"*, pensó con calma después de hacer un pequeño barrido con sus ojos. Se dirigió a la entrada de la casa y giró la perilla de la puerta, la cual no se abrió porque estaba con llave, *"tendré que entrar por la ventana"*. Tomó una roca grande que estaba en el jardín y la llevó hasta la parte más cercana de la ventana, se apoyó sobre ella y con un movimiento fuerte la abrió de par en par, lo cual desato un ruido muy estrepitoso.

¡Pum!, sonó la ventana al chocar con la pared.

*"Espero no me hayan escuchado"* se dijo mientras se escondía agachando su cabeza.

Pasaron unos minutos y no hubo señal de nadie. *"De verdad, no hay nadie"*. Apoyando sus pies sobre la roca, Leonor dio un salto que la dejó atorada en medio de la ventana, con sus piernas en el aire y su tronco y brazos dentro de la casa, *"soy la peor ladrona del mundo"* susurró con el corazón acelerado, *"si hago esto así, no me imagino si me dedicara a entrar a las casas"*, sonrió intentando calmarse, *"estoy segura de que terminaría en la cárcel muy rápido"*, continúo al tiempo que movía sus manos haciendo círculos; con un movimiento de péndulo logró ingresar sus piernas.

Pum, sonó el golpe de sus extremidades chocando
contra el suelo.

*"¡Dios! ahora sí me van a descubrir"* exclamó en voz baja mientras encogía sus piernas tomándolas con sus manos.

—¡No! definitivamente estoy sola —dijo al mismo tiempo que se incorporaba.

*"En este lugar debe haber algo que me explique, qué fue lo que pasó con Rufo"*, pensó al tiempo que comenzaba a detallar la sala de la casa, *"seguro que el señor Johnson tiene algo guardado"*. Dando pasos cortos y suaves, recorrió la sala de la casa, de esquina a esquina observando cada espacio del lugar sin encontrar nada extraño, *"bueno, parece que la sala está bien, voy a ir a la habitación, ¡allá si hallare algo!"*. Seguido de la sala se podía divisar un pequeño pasillo el cual tenía tres puertas, Leonor caminó despacio hasta llegar a la primera puerta y con mucho cuidado se dispuso abrirla, *"me preguntó, ¿qué habrá aquí?"* pensó al tiempo que le daba un empujón muy suave que logró abrirla.

Levantando su mirada e ingresando únicamente su cabeza, con un rápido movimiento, logró divisar una pequeña cocina, un cuarto largo con una estufa, una nevera pequeña y varias cubetas con agua sucia, de aspecto desagradable, acompañado de un trapero recostado sobre la pared del fondo que despedía un olor muy fuerte, además el lugar parecía estar bañado en alcohol, *"parece que el señor Johnson limpia con vodka"* pensó seguido de unas pequeñas carcajadas. Sin notar nada más, decidió cerrar la puerta y salir de la cocina para continuar con su incursión.

Levantó su mirada en dirección al fondo del pasillo detallando las otras habitaciones, caminó sin hacer un solo ruido hasta llegar a la siguiente puerta, con el mismo movimiento tenue logró abrirla sin generar sonido alguno, ingresó nuevamente su cabeza a la habitación con el fin de observar que había en ella. *"Un baño"* se dijo desilusionada y con asombro detalló la higiene del baño, *"éste baño está más limpio que cualquier otro baño, que señor tan obsesivo"*, pensó mientras se enderezaba y cerraba con cuidado la puerta. *"Sólo queda una habitación, espero encontrar algo"* continuó mientras caminaba en la punta de sus pies hasta la última puerta.

Estiró su mano para girar la perilla y con un movimiento sostenido logró abrirla de forma cuidadosa, tensó todos sus músculos intentando agudizar su audición y casi sin respirar consiguió identificar un ruido proveniente del interior del cuarto, *"tic, tac, tic, tac"* escuchó un ruido parecido al que hace un reloj; asomando su rostro, levemente logró ver en la mesa de noche junto a la cama, un reloj viejo tipo despertador. *"Bueno, estoy sola"*, pensó aun conteniendo la respiración.

Con la habitación en silencio, pudo identificar un nuevo ruido, eran los latidos de su corazón, que se aceleraban con la incertidumbre que tenía.

Abriendo la puerta poco a poco, fue notando que Johnson tenía todas sus cosas muy bien organizadas, por lo que decidió entrar de forma despaciosa hasta llegar a la mesa de noche, *"no hay nada raro en este cuarto, pero que hombre tan organizado"*, pensó nuevamente al observar la cama bien tendida sin una sola arruga. Se dispuso abrir los cajones de la mesa, uno a uno; en el primero encontró condones y un gel que no sabía para que se usaba, en el segundo cajón encontró una foto del señor Johnson con una mujer mayor, acercando la foto a sus ojos logró identificar algo que la sorprendió, *"los ojos del señor Johnson se ven oscuros en esta foto, ¿porque en la foto que yo le tome eran de color verde?, que raro".*

Pum, se escuchó un ruido proveniente detrás de ella, lo cual le hizo dar un pequeño salto del susto.

La puerta de la habitación se cerró de forma brusca por el viento que provenía de una ventana abierta, *"¡qué miedo!, qué bueno que sólo fue el viento"* exclamó con un gesto de tranquilidad en su rostro. Guardó la foto en su lugar y decidió salir de la habitación con rapidez, trato de dejar todo exactamente como estaba antes de que ella llegara, corrió hasta el pasillo y observó la puerta que conducía a la cocina. *"Qué sed tengo",* pensó mientras humedecía sus labios con su lengua. Decidió ir a la cocina por un vaso de agua antes de dejar la casa, *"ojalá tenga agua fría en la nevera",* dijo en voz baja al tiempo que caminaba hasta la puerta de la cocina.

Con un empujón suave, abrió la puerta, caminó hasta llegar a la nevera, tomo un vaso que vio en el lavaplatos, le hecho un poco de agua para limpiarlo y con la mano izquierda abrió la puerta del refrigerador fuertemente, al voltear, su rostro en dirección al interior de la nevera, quedó paralizada con lo que observó: había varios frascos de vidrio transparentes en los que se podía observar en su interior restos de partes humanas, en uno había dos orejas flotando en una mezcla de agua de color gris oscuro, en otro se veían trazos de piel enrollada y en el último había una nariz deformada junto con dos ojos de color marrón. Con su boca abierta tras el descubrimiento, Leonor decidió salir pronto de la casa. *"Este sujeto mato a alguien y debe tener su cadáver en alguna parte",* pensó con angustia.

Cerró la nevera de forma apresurada, dejó el vaso sobre el lavaplatos y se dirigió a la salida de la casa, en medio del pasillo trató de caminar con mucho cuidado sin tropezar con algún objeto de la sala y llegó hasta la ventana por la cual había ingresado.

Sin pensarlo dos veces, sacó una pierna por la ventana, luego su torso y de un empujón saltó de forma aparatosa cayendo al suelo golpeándose la cadera derecha con la piedra que había utilizado anteriormente para subir.

—¡Aaaa!, mi pierna —gritó de dolor al tiempo que se retorcía en el suelo presionando su cadera derecha.

Se levantó con dificultad y logró hincarse sobre la pierna izquierda, la cual soportó todo el peso de su cuerpo.

—¡Aaaa! —gritó nuevamente de dolor.

Mirando su cadera derecha, notó que había sangre traspasando su pantalón, *"realmente me lastimé"*, pensó mientras trataba de caminar muy lentamente. *"Este sujeto es malo, ¿a quién habrá matado?"* repetía constantemente, al tiempo que daba pasos cortos en dirección a su casa.

Arrastrando su pierna derecha por todo el terreno del señor Johnson, logró llegar hasta el prado aledaño a la casa de su abuela.

—¡Qué dolor! —exclamó sin aliento con un gesto de sufrimiento en su rostro. Siguió el camino hasta llegar a la puerta trasera de la casa—. Abuela, ya llegué —gritó mientras abría la puerta.

Al no escuchar una respuesta decidió ir a la sala de la casa.

—¡Abuela!

Cuando estaba llegando a la esquina del pasillo que limitaba a la sala, giró su rostro lentamente y sin hacer ruido vio a su abuela sentada en el sofá de la sala besándose de forma muy apasionada con un sujeto que le estaba dando la espalda por lo que no pudo reconocer su rostro, contuvo la respiración y con una sonrisa retrocedió y caminó con cuidado hasta su habitación. Subió las escaleras con calma haciendo poca presión sobre su pierna lastimada. *"Mi abuela no me había dicho que tenía novio"*, pensaba mientras daba pasos firmes sobre cada escalón. Estando en su cuarto, decidió recostarse sobre la cama para tratar de descansar un poco, sin cambiarse de ropa y sin quitarse los zapatos, sólo se tendió sobre ella con la vista clavada sobre el techo. *"Tengo que buscar a Eddie y comentarle lo que descubrí del señor Johnson, de seguro él me va a creer y vamos atraparlo"*, reflexionó mientras sus ojos lentamente comenzaban a cerrarse. *"Eddie es un chico guapo, ¿será que yo si le gusto?"*, fue lo último que dijo antes de quedarse dormida. —Hola, mi niña, despierta —escuchó entre sueños Leonor.

Con sus ojos entre abiertos logró divisar la figura de una mujer de pie bajo el marco de la puerta de su habitación.

—¿Abuela? —preguntó aun dormida.

—Sí, hija, despierta, quería presentarte a alguien muy cercano a mí.

—Sí, lo vi en la sala, ¿porque no me dijiste que tenías novio? Abue, —respondió mientras se frotaba sus ojos con la punta de los dedos.

—Porque no es mi novio, simplemente es el vecino que vino a verme.

Al escuchar eso, Leonor se levantó rápidamente de su cama, lo cual le ocasiono mucho dolor en su pierna derecha.

—Abuela, no me digas, ¿es el señor Johnson? —preguntó mientras hacía un gesto de dolor sosteniendo su cadera derecha.

—Sí, ¿cómo supiste?

—Abuela, el señor Johnson es malo, aléjate de él.

—¿Por qué dices eso?

—Fui a su casa esta tarde y vi cosas en su nevera, ¡tenía restos humanos!

—¡Maldita niña malcriada, ¡cuántas veces te he dicho que no entres a la casa de las personas sin permiso! – gritó Clara al tiempo que le daba un puño a la cama.

—¿Qué te pasa, abuela? tú no eres así.

—¡Eres una niña mala, Leonor!, igual que tu madre, ¡malditas las dos!, ahora tendré que castigarte—gritó Clara con una sonrisa un poco macabra en su rostro, cosa que aterró a Leonor, por lo que retrocedió con cuidado hasta una esquina de la habitación.

—Abuela ¿estás bien?

—Claro, hijita, ven acércate a tu abuela y dale un abrazo.

*"Nunca había visto esa cara en mi abuela"*, pensó Leonor mientras veía como se acercaba lentamente con las manos extendidas. Leonor por un momento recordó a su

dulce abuela, lo que le hizo extender sus brazos de forma involuntaria y con un movimiento suave la abrazo.

—¡Qué rico abrazo, hija mía! —dijo Clara en medio de los brazos de Leonor.

Por un momento Leonor sintió el abrazo muy cálido y acogedor, por lo que la hizo sonreír más tranquila.

De repente su pierna comenzó a doler de forma aguda.

—¡Aaaa! —gritó Leonor al tiempo que bajo su cabeza en dirección a su cadera derecha.

—Tranquila, hija, —dijo Clara mientras apretaba la herida en la pierna de Leonor.

—¡Aléjate, abuela! – grito dándole un empujo fuerte.

Clara cayó de forma aparatosa en el piso de la habitación, lo que Leonor aprovecho para dar unos pequeños saltos hasta llegar a la puerta que estaba abierta, al momento de intentar dar un pasó a la salida notó una sombra parada justo en la pared del pasillo.

—Con que fuiste a mi casa —escuchó Leonor proveniente de la salida.

Haciendo un gesto de terror, Leonor dio dos pasos hacia atrás sin quitar su vista de la puerta, pasado unos segundos por la entrada a la habitación se asomó el señor Johnson, esta vez tenía sus ojos verdes brillantes, los cuales le intimidaron.

—¿Que hace aquí?

Mientras retrocedía sin quitar su mirada de la cara del señor Johnson, su abuela, quien aún se encontraba en el piso, la tomó de las piernas haciendo que cayera.

—¡Aaa!

Volviendo su mirada en dirección a la puerta, sintió el peso del señor Johnson que de un salto se puso sobre ella.

—Tranquila, yo sé que esto te va a encantar —exclamó Johnson mientras le hacía presión en la herida de la cadera.

Con mucho dolor Leonor trato de forcejear con él, sin tener mucho éxito.

—¡Suéltame, desgraciado! —gritó Leonor dando patadas y sacudiendo sus brazos intentando golpearlo.

Johnson de forma tranquila levantó su mano derecha en puño y la golpeo con fuerza en su rostro, cosa que la inmovilizo por un momento, con su mano izquierda la sostuvo de ambas manos y las levantó presionándolas sobre su cabeza.

—Shh, shh, shh, ya, mi hijita, —decía Clara mientras le acariciaba el cabello a Leonor.

—¿Qué les pasa a ustedes dos? Suélteme.

—Que hermoso rostro tienes, niña, ¿te gustaría mejorarlo? —exclamó Johnson mientras acercaba su cara justo enfrente a la de Leonor —. Imagina que soy tu novio —continuó al tiempo pegaba sus labios a los de ella en un fuerte beso húmedo mientras presionaba la herida en su cadera.

—¡Aaaaa! —gritaba Leonor mientras tenía a Johnson encima con los labios adheridos a los suyos.

En medio de tantas sensaciones, dolor, desespero y desconcierto, Leonor perdió el conocimiento.

—Nooo, por favor —despertó con un grito sobre su cama.

Confusa, Leonor no podía creer lo que había pasado.

*"Tal vez fue un sueño"*, pensó mientras se sentaba sobre el borde de la cama. *"Creo que fue el sueño más aterrador que he tenido"*. Levantándose de la cama, notó que su pierna derecha ya no le dolía, *"qué bien, de verdad que tengo huesos fuertes"*, exclamó con una sonrisa. Caminó en dirección a un espejo que tenía en su habitación y se miró con detenimiento, *"¿qué es eso?"*, se dijo al observar su rostro y notar algo que llamo su atención. Acerco su cara y detalló que debajo de su ojo izquierdo podía ver un pliegue de piel, como si el parpado inferior estuviera colgando.

*"¡¿Y esto?!"*, dijo en voz baja mientras lo pinzaba con sus primer y segundo dedo de su mano derecha. Suavemente trato de jalar el colgajo de su ojo, cuando de repente del pequeño jalón que hizo, desprendió gran parte de la piel de su rostro, dejando al descubierto los músculos faciales de su pómulo izquierdo, exponiendo su ojo de forma aterradora casi como si se fuera a salir de su órbita.

—¡Aaaaaa! —gritó de forma desesperada.

Corrió por su cámara y mientras la estaba encendiendo, el ojo que estaba expuesto brotó de su rostro quedando colgado, sostenido únicamente por los nervios y los músculos internos.

—¡Aaaa! —continúo gritando Leonor al ver su deformidad.

Prendió la cámara con prisa y comenzó a tomar fotos de todo lo que le estaba pasando, en particular a los colgajos de piel que se había arrancado del rostro.

—¿Qué me pasa?

En medio del pánico, Leonor notó que la sensación de dolor que estaba experimentando, comenzaba a cambiar a una especie de sensación de placer, una excitación extraña que la motivaba a seguir lastimándose, a desprender más partes de su rostro.

—¡Sí! —gritó seguido de un gemido fuerte que expresó de tono sexual.

Tomó su ojo colgante con su mano izquierda y lo desgajó de un tirón.

—¡Aaaa! —gritó gimiendo. Observando su ojo en el piso comenzó a tomarle fotos, luego prosiguió a desprender pedazos más extensos de piel utilizando sus uñas.

En medio de gemidos de excitación y arañazos a su rostro, se desprendió completamente las orejas, los ojos y su piel, quedando prácticamente irreconocible, con la carne de sus músculos faciales al aire libre.

Sin poder detenerse, continúo gritando de forma incontrolada.

—No puedo parar, ¿qué me pasa?

Tomó su cámara estando a ciegas y comenzó a tomar fotos de todo su entorno hasta que se dejó llevar por el pánico y el desesperó. Se lanzó sobre la cama retorciéndose del dolor y con un último grito pidió ayuda, trato de llamar a su abuela.

—Abuela ¡ayúdame por favor, ¿qué me está pasando?!

En medio de sus gritos y lloriqueos, escuchó en un tono de voz bajo alguien parado justo sobre la puerta de su habitación que susurraba despacio.

—No te preocupes, hija, ya va a terminar el dolor.

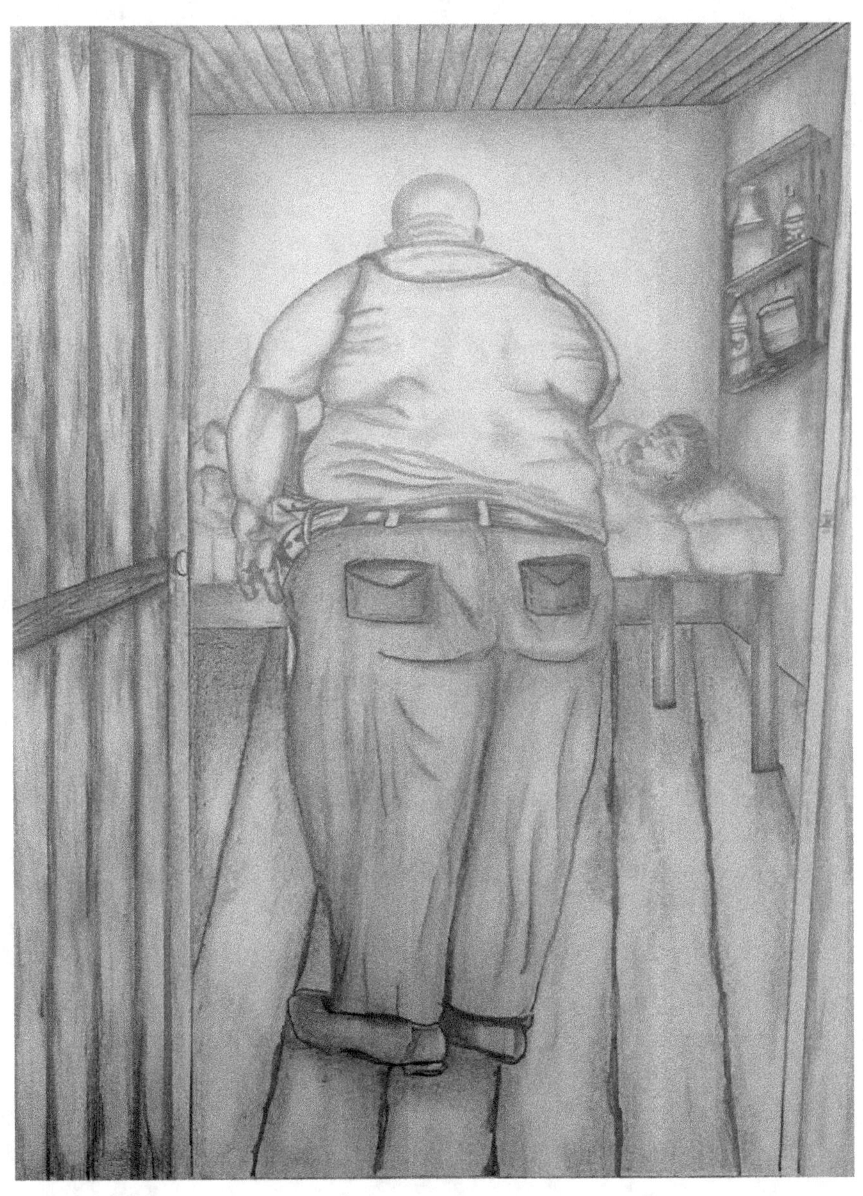

Julián

Julián maltratado y adolorido, caminó hasta la puerta del granero con su cuerpo lleno de hematomas y laceraciones, con pasos cortos y temblorosos llegó hasta la salida.

*"¿Quién me ayudó?"*, se preguntó mientras salía del granero.

Afuera había un corredor despejado el cual conectaba con una casa grande que en su parte superior tenía un letrero que decía: "Hogar de ancianos, el último apoyo". Julián caminó hasta llegar a la entrada de dicho lugar y con su mano extendida golpeó suavemente la puerta.

—Buenas, ¿hay alguien aquí?

Con el atardecer a sus espaldas, Julián decidió entrar con el fin de poder pasar la noche en un lugar seguro, *"un hogar de ancianos debe tener gente muy bondadosa, tal vez me puedan ayudar"* pensó mientras abría la puerta y daba sus primeros pasos dentro.

Al ingresar, observó un salón que parecía un recibidor grande, tal como la sala de espera de un hospital lujoso, a su mano izquierda había una pequeña sala con cuatro sofás donde se podía ver televisión. Julián se acercó al aparador y golpeo suavemente el mesón de madera.

—Buenas tardes, ¿hay alguien aquí? —preguntó nuevamente sin obtener respuesta.

Con un cansancio enorme en sus piernas, decidió sentarse un rato en uno de los sofás para ver un poco de televisión, *"¿qué habrá en la tele esta noche? ¡Nada!, pura basura"*, dijo en voz baja mientras apagaba el televisor. Girando su cabeza a la derecha, notó que había una mesa al rincón de la habitación y justo sobre ella se podía observar un teléfono antiguo, *"perfecto, voy a llamar a la policía para notificar todo lo que me pasó"*, se dijo con emoción mientras se levantaba y caminaba hasta el teléfono. Al descolgar la bocina, notó que no tenía tono, lo que trajo nuevamente a él mucha desilusión.

—¡Maldito pueblo no tiene ni señal de teléfono!

Cuando estaba a punto de colgar el teléfono, escuchó un ruido proveniente de la puerta que había al final de la pared del fondo. Caminó hasta llegar a la puerta, la cual tenía un letrero pequeño que decía: "Dormitorios, no entre". Julián no pudo resistir su curiosidad, así que decidió abrir la puerta para echar un vistazo al interior de los dormitorios, lentamente introdujo su cabeza para no hacer mucho ruido; al interior de dicha habitación, se encontró con un pasillo amplio, el cual tenía varias puertas, una enfrente de la otra, en total se contaban ocho habitaciones y al fondo del pasillo, una novena puerta, *"esa debe ser la salida"*, pensó mientras se adentraba por el pasillo. Quería gritar pidiendo ayuda, pero sus palabras se atoraban en su garganta, *"será mejor no llamar la atención"*. Caminó a la primera habitación de la derecha, donde había una enorme puerta de madera casi nueva, con un empujón suave abrió un espacio pequeño donde pudo observar una cama y en ella un sujeto sentado al borde.

—Pshh, pshh, oye, tú, ¿me puedes ayudar?

Se acercó al sujeto sentado sobre la cama y puso su mano en su hombro derecho, a lo que el sujeto giró y lo observó frente a frente, cosa que atemorizo a Julián, ya que el sujeto tenía sus ojos completamente blancos, no se podía ver su cornea, debido a que tenía muchas cicatrices que la desfiguraban.

—¿Qué te pasó, amigo? —preguntó Julián asombrado, a lo que el sujeto intento vociferar algo, pero fue imperceptible para Julián.

—¡Aaaa! —gritó el sujeto de forma desesperada.

—Tranquilízate, hombre, ya me voy, no te pongas así.

*"Qué mal esta éste sujeto"*, pensó al tiempo que salía por la puerta de la habitación. *"Vamos a ver si tenemos mejor suerte con el cuarto de enfrente"*, se dijo caminando en línea recta hasta llegar a la puerta frente a él. Con el mismo movimiento suave abrió la puerta con delicadeza y tras de ella logró ver la silueta de una persona bajo unas cobijas, como si estuviera durmiendo.

—Pshh, pshh, oye, amigo, ¿me puedes ayudar? Amigo, ayúdame, —dijo nuevamente mientras se acercaba a la parte superior de la cama.

Antes de decir una nueva palabra, Julián intento quitarle las cobijas del cuerpo. Al destaparlo por completo y observarlo detenidamente, Julián quedó paralizado, *"no puede ser"* exclamó con su mano derecha tapando su boca; había una persona tendida en la cama sin brazos ni piernas, con vendas que le cubrían las amputaciones, algunas aun manchadas de sangre.

—Oye ¿qué te pasó?

—¡Aaaa! despertó el hombre con un grito muy fuerte.

Parecía que estaba intentando articular palabras, pero difícilmente eran entendibles. *"¿Qué les pasa a estas personas, por qué gritan cosas sin sentido?"*, pensó Julián mientras retrocedía nuevamente hacia la puerta.

Abriendo suavemente, observó con cuidado el pasillo para ver si venía alguien, al no ver nada, salió de forma cautelosa, *"¿será que en la tercera puerta lograre tener suerte?"*. Asomando su rostro nuevamente con suavidad, Julián echó un vistazo rápido al interior del cuarto, se veía una habitación tranquila, más pasiva que las anteriores, sobre la cama había una mujer sentada con los ojos vendados.

—Pshh, pshh, oye —susurró Julián nuevamente.

La mujer se alertó y se hizo para atrás sobre la cama.

—Tranquila, no te hare daño,—dijo mientras caminaba despacio en dirección a ella.

Se sentó en el borde inferior de la cama y con su mano derecha comenzó a tocar el cabello de la joven de forma cariñosa, Julián notó que la mujer comenzó a llorar.

—¿Qué te pasa, linda, por qué lloras? —le preguntó con una voz dulce. La mujer respondió con un ruido muy extraño.

—Ahiuaaa, —una palabra que no logró entender Julián a la perfección.

—¿Qué dijiste, alua? —preguntó con impaciencia. La chica comenzó a temblar del desespero.

—Ahiiuaaa, —dijo nuevamente sin ser clara en sus palabras.

Llena de angustia, la mujer tomó de la camisa a Julián con sus manos y acercó sus ojos hasta su boca, seguido de esto, la abrió lo más que pudo, con el fin de mostrarle a Julián que su cavidad oral estaba vacía.

—No tienes lengua, —afirmó Julián con asombro—. ¿Alguien te hizo esto? preguntó en voz baja. La joven asintió con su cabeza.

—¡Dios! tenemos que sacarte de aquí pronto.

Tomó de la mano a la chica con la intención de ponerla de pie junto a él, pero ella se rehusó.

—¿Qué te pasa? vamos, levántate.

La chica se negó a moverse, haciendo movimientos con su cabeza y tensionando sus músculos en contra de la fuerza que hacía Julián.

—Bueno, está bien, voy a ir a buscar ayuda y volveré por ti, —replicó mientras se alejaba de la cama en dirección a la puerta.

Caminó tratando de no hacer mucho ruido, extendió su mano y con un leve movimiento giró la perilla para abrir la puerta, asomó su cabeza con cuidado para observar el pasillo, el cual seguía libre, así que decidió continuar su expedición.

*"Vamos por la siguiente puerta"*, se dijo caminando. Se detuvo enfrente de la habitación siguiente contigua a la de la chica, *"¿será que hay alguien más que necesite ayuda en este cuarto?"*, pensó al tiempo que respiraba profundo y se llenaba de calma. Se dirigió hasta la puerta y nuevamente abrió con mucho cuidado sin hacer un mínimo ruido. *"Esta habitación es más oscura que las otras"*, pensó. Ingreso rápidamente para observar si había alguien tendido en la cama.


—Ayuda, por favor, ayuda, sé que hay alguien ahí, —escuchó Julián proveniente de un hombre acostado sobre la cama, cubierto completamente por una sábana blanca.

Su voz le parecía muy familiar, por lo que dio unos cuantos pasos temeroso hasta situarse al lado derecho de la cabecera de la cama.

—Sigue hablando, —dijo Julián tratando de disimular su voz.

—Por favor, señor, ayúdeme, me tienen secuestrado, hay dos locos que seguro me van a matar, —suplicó el hombre cubierto por la sabana.

*"¡Es Tomás!, esa es la voz de Tomás"*, pensó Julián mientras observaba la cama en detalle, *"parece que esta encadenado de los pies y de las manos"*, se dijo al tiempo que revisaba las ataduras. *"Estas cadenas se ven muy gruesas, no se romperán fácil"*.

Destapó el rostro de Tomás con su mano izquierda, mientras sostenía las cadenas que lo ataban con la mano derecha. Tomás reconoció su rostro de inmediato.

—Gordo ¿eres tú?, perdóname, por favor ayúdame a salir de aquí, —dijo mientras movía sus manos haciendo sonar las cadenas que lo aprisionaban.

—¿Ayudarte… así como me ayudaste tú con tus amigos? —respondió Julián mientras acercaba su rostro a los ojos de Tomás. ¡Tú mereces morir!

—Por favor, gordo, perdóname, ¿cómo era que te llamabas?

—Ni siquiera recuerdas mi nombre… ¡Eres basura!

Julián no es una persona rencorosa, pero lo que había sufrido en ese pueblo era algo que no podía dejar pasar fácilmente, se separó un momento de la cama y levantó su mirada tratando de dimensionar completamente el cuarto.

*"Jalarlas no sirvió de mucho, esas cadenas no se van a quebrar con facilidad, lo mejor es buscar la llave del candado"*, pensó Julián mientras fijaba su mirada en una mesa que había en la esquina derecha, justo cerca a la puerta de entrada, *"de seguro allá encontrare las llaves"*. Sobre la mesa se podían identificar ciertas herramientas que se utilizan en la construcción: un martillo, un taladro, un destornillador, un cuchillo corto y una segueta. La mesa tenía dos cajones sobre la cara que apuntaba en dirección a la pared, así que decidió buscar en ellos para ver qué encontraba.

—Yo me encargare de este, parece que está muy agitado —se escuchó una voz en el pasillo—. Ya estoy cansado de sus gritos, —continuó la voz casi sobre la puerta.

Julián inclinado en frente de la mesa, logró ver como se abría lentamente la puerta a su derecha lo cual lo dejo pasmado. Tomando un poco de valor, pudo esconderse bajo la mesa, ya que esta tenía un pequeño tablón salido, lo cual permitía esconder a una persona de tamaño promedio, nadie podría verlo, siempre y cuando se situarán cerca de ella, pero si alguien se ubicaba a una distancia lejana, sin duda alguna lo descubriría.

Silbando una tonada suave con sus labios, entró un hombre y se acercó a la mesa donde estaba Julián escondido, *"¿quién es este?"*, pensó Julián. Sin hacer un solo ruido, detalló al sujeto de pies a cabeza, tenía una contextura fornida, con una barriga enorme, unos pantalones deshilachados en la bota color rojizo oscuro junto con una camisa sin mangas de color blanca, que parecía estar manchada con sangre, su rostro no se alcanzaba a ver, ya que llevaba una máscara de las que se usan en metalistería.

—Ahora sí, lindura, vamos a darle alegría a ese rostro tan triste que tienes, —dijo el sujeto mientras tomaba el cuchillo y el martillo que estaban sobre la mesa.

—Ayuda, ayuda, gordo, no me dejes morir, —gritó Tomás desde la cama.

—¿Gordo yo, que te pasa, cari-bonito? te voy a enseñar a respetar, —respondió el sujeto mientras se acercaba a la cama.

Con delicadeza, Julián tomó el destornillador de la mesa y comenzó a salir casi arrastrándose de la habitación intentando no hacer ruido.

—Quédate quieta, preciosa, —gritó el sujeto mientras tomaba con sus manos la cabeza de Tomás.

Con su mano izquierda extendida le hacía presión sobre la frente, tratando de evitar que se moviera.

—Shh, shh, shh, ya, ya, —decía suavemente mientras con el dorso de su mano derecha le acariciaba la mejilla.

Julián con mucho cuidado logró llegar a la puerta de la habitación y girando lentamente la perilla pudo abrirla. —¡Aaaa! —se escuchó gritar a Tomás.

El sujeto había tomado el martillo y con un movimiento fuerte, le golpeo la boca de manera tal que sus dientes salieron a volar y un chorro de sangre salpicó la máscara del sujeto, seguido de eso, mientras Tomás gritaba, pinzó su lengua con la mano izquierda y con la derecha procedió a cortarla con el cuchillo.

—Ya, tranquilo, así no te pasara nada, esto es por tu bien, —continúo diciendo el sujeto.

Julián, fuera de la habitación, cerró despacio la puerta y corrió rápidamente a esconderse en el cuarto de enfrente sin poner atención que contenía. *"¿Qué fue lo que pasó?"*, pensó agitado levantando su cabeza. En este cuarto se encontró una imagen un poco grotesca, el cuarto estaba vacío y en medio de él se podía observar una persona de género masculino, desnudo atado de las manos y los pies, con unas cuerdas las cuales estaban amarradas entre si sobre su espalda. En la zona de frente, tenía una cuerda un poco más delgada ajustada fuertemente a sus genitales por un extremo, y por el otro se veía anclada en el techo, dejando al hombre como un péndulo, colgado de sus testículos y su pene, todo con el fin de generar cansancio en sus piernas, así que, si decidía flexionarlas o sentarse no podría, ya que la cuerda tensara sus genitales a tal punto que podría desprenderlos, *"es la tortura más ingeniosa que he visto"*, pensó mientras caminaba hasta la persona que le estaba dando la espalda.

—Oye, ayúdame, por favor, —dijo el hombre mientras trataba de girarse con mucho cuidado.

Al momento de girarse completamente, sus ojos se encontraron frente a frente.

—¿Raúl? —dijo Julián con una voz de asombro.

—Gordo desgraciado, por favor, corta la cuerda.

—¿Quieres que te ayude, así como me ayudaste tu a mí?

—Por favor, por favor. Voy a perder mi pene, ya estoy muy cansado, creo que llevo varias horas aquí.

—Yo mismo debería cortártelo.

—Tú no eres mala persona, gordo, no me dejes morir aquí.

—¡Tú no me conoces! —exclamó Julián visiblemente enojado antes de darle la espalda y caminar hasta salir de la habitación.

Al tiempo que cerraba la puerta, logró escuchar un grito de dolor muy fuerte que provenía de Raúl, además alcanzó a detallar un sonido muy parecido al de la carne cruda cuando se desprende a tirones

—¡Aaaa,aaaa, no puede ser, te matare gordo mal nacido lo juro! —fue lo último que pudo oír Julián antes de cerrar la puerta completamente.

Julián, pensativo, caminó hasta la puerta que estaba al fondo del pasillo donde logró identificar una voz que provenía del otro lado.

—Con que muy mariquita, ¿no?    —escuchó procedente de una voz que marcaba bastantes años.

*"Debe ser un viejo"*, pensó Julián mientras se hacía a un lado de la puerta. De un momento a otro la puerta se abrió en su totalidad.

—Vamos, mariquita, no sabes cómo odio la gente como tú, malditos enfermos, pecadores. —Escuchó al tiempo que veía como un señor de avanzada edad, de entre 70 a 80 años, pasaba por la puerta empujando a una persona muy maltratada, como si lo hubieran torturado por mucho tiempo, el anciano estaba vestido con ropa antigua, tenía una camisa blanca a cuadros pequeños de color café claro y un pantalón de tirantes color café oscuro muy desgastado.

—¡Cris! —dijo en voz baja mientras lo detallaba de arriba abajo.

Era Cris atado de sus manos sobre su espalda cubierto sólo por su ropa interior, con múltiples laceraciones y hematomas por toda su piel, como si le hubieran sacado tajos de carne de sus muslos, sus brazos, su abdomen y su espalda. Empujando a Cris apoyándose sobre su espalda, el anciano llegó hasta la puerta de la habitación donde se encontraba Tomás.

—Espera aquí, marica, —dijo el anciano mientras abría la puerta.

Empujando nuevamente a Cris entraron juntos al cuarto donde estaba Tomás atado sobre la cama y aquel sujeto gordo lo estaba torturando, *"¿quién es este anciano?"*, se preguntó Julián. Con mucha curiosidad se acercó hasta la puerta y con un pequeño empujón la dejo entre-abierta quedando el espacio perfecto para que observara todo lo que estaba pasando.

—¡Aaaa! —se escuchaban los gritos de agonía de Tomás desde la cama.

—Mira, aquí está la lengua del cari-bonito, —dijo el sujeto gordo mientras le lanzaba un trozo de lengua sangrante al anciano.

—Deja eso por ahí, te traje al marica, para que le cumplas su sueño, —exclamó el anciano mientras empujaba a Cris cerca a la cama.

—Tu dijiste, si mal no recuerdo, que tu más grande sueño era ver morir a alguien, —expresó el anciano mirando a los ojos de Cris—. Pues qué crees, mariquita, ¡te lo vamos a cumplir! —continúo hablando al tiempo que tomaba del cuello a Cris y lo inclinaba para que pudiera ver la cara de su amigo Tomás—. Ahora mira bien lo que vamos hacerle, —dijo el anciano mientras le arrebataba el cuchillo de las manos al sujeto corpulento.

—Dame y te muestro cómo se hace, Sebas, —dijo en voz baja.

*"¡Sebas!, con que así se llama el tipo grande"*, pensó Julián con asombro.

—Esto lo practicaban los vikingos en la antigüedad, era una forma de tortura muy linda para la época, —dijo el anciano con un tono de voz fuerte. Sacó del bolsillo derecho de su pantalón las llaves de las cadenas que aprisionaban a Tomás—, Tranquilo, —le dijo mirando a sus ojos con voz suave al tiempo que lo liberaba de sus cadenas. Con un movimiento brusco lo giró sobre la cama, dejando su espalda descubierta.

Apoyándose en él, tomó el cuchillo con su mano derecha e hizo un corte profundo sobre el omoplato derecho de Tomás.

—¡Aaaaaa, looll, faaallolll! —gritó Tomás con las pocas fuerzas que tenía y sin la capacidad de gesticular palabras al no soportar el dolor.

—Para Gabriel, no sigas, —gritó Sebas—. Tú me dijiste que lo que hacíamos era por el bien de todos, para tener tranquilidad de los otros, —continúo hablando mientras sostenía la mano de Gabriel evitando que continuara.

—Shh, shh, shh, tranquilo, Sebas, todo está bien, estos tipos no merecen vivir, tú lo sabes, acaso ya olvidaste lo que le hicieron al chico gordo, —respondió Gabriel intentado calmar a Sebas, quien no parecía ser muy listo.

—¡Aaaaam lollfalol ooo! —continuaba gritando Tomás con unas palabras inentendibles.

Gabriel volvió su mirada sobre la espalda de Tomás e introdujo su mano sobre la herida que había hecho y con un gran esfuerzo quebró los huesos de su espalda ocasionando un ruido crujiente que permitió sacar su pulmón derecho al exterior de su cavidad torácica.

—¡Ahhhh! —gritó Tomás de forma descontrolada.

Luego procedió a hacer lo mismo con el pulmón izquierdo, hizo un corte profundo que destrozó su omoplato, generando nuevamente aquel ruido crujiente desagradable, como los huesos de un pollo al romperse. Introdujo su mano y sin delicadeza jaló el pulmón exponiéndolos al ambiente, dejándolos como dos sacos sangrantes que se expandían de forma rítmica y dolorosa.

—¡Ahhhh!

Cris, con angustia en sus ojos, intentó girar su rostro en dirección a la pared, a lo que Gabriel se levantó y con ambas manos lo tomó del cuello y le giró nuevamente la cabeza para que observara todo.

—Mira, mariquita, mira bien, ¿no querías ver morir a alguien? pues aquí estas, en unos minutos tu amiguita no va poder respirar más, espero lo disfrutes.

Observando los pulmones de Tomás expuestos al aire como si fueran unas bolsas de carne inflándose al son de su respiración, Cris quedo atónito.

—Por favor, no le hagan eso, —susurró Cris.

Con cada minuto que pasaba, los pulmones de Tomás perdían expansión y comenzaban a perder fuerza, mientras un grito ahogado por burbujas de sangre se entumecía en el ambiente.

—Grugrugru, —se escuchaba suavemente de la boca de Tomás mientras sus ojos iban perdiendo brillo con el último de sus suspiros—. Aagraaa, —se detuvo por completo el movimiento de sus pulmones, dejando su rostro inerte, en expresión de agonía con sus labios abiertos.

—¿Tomás? —susurró Julián tapando su boca con su mano derecha sosteniendo también su respiración.

—¿Contento? marica, ya cumpliste tu sueño de ver morir a alguien, —gritó Gabriel mientras inclinaba a Cris para que viera de cerca el rostro de Tomás.

Julián, atemorizado por la escena que acaba de presenciar, intentó cerrar la puerta sin hacer ruido, pero fue inútil.

¡Pum! La puerta sonó detrás de ellos, lo que alerto a Gabriel y Sebas de su presencia.

—¿Quién anda ahí? —gritó Gabriel en tono de voz fuerte.

Julián al escuchar esas palabras, corrió rápidamente hasta la puerta que daba al final del pasillo y con un movimiento rápido la abrió y entró velozmente apoyando su espalda del otro lado, tratando de controlar su respiración. *"Tengo que tranquilizarme"*, pensó mientras respiraba profundo con la intensión de bajar su ritmo cardiaco.

Levantando su mirada al frente, observó que estaba en un salón amplio, como si fuera un estar de actividades o una sala de reuniones, en ese lugar encontró un par de ancianos, unos chicos que parecían tener dificultades mentales y otros más con discapacidades físicas, uno de ellos amputado de sus extremidades inferiores y otro más con los ojos vendados, en total había diez personas, todas con algún tipo de limitación. *"¿Que es este lugar? ¿qué le pasa a esta gente?"*, se preguntó atemorizado. Se acercó a uno de los ancianos que estaba cerca a la puerta en una silla de ruedas.

—Disculpe, señor, ¿usted me podría decir qué es este lugar?

El anciano asintió con su cabeza y antes que Julián pudiera distinguir palabra alguna, el anciano lo jaló de la camisa con ambas manos y con un gritó fuerte, le hizo notar que no tenía lengua.

—¡Aaaa! —gritó de forma constante el anciano, cosa que espantó mucho a Julián y alertó a todas las demás personas en la sala.

Julián forcejeo un momento con el anciano hasta que por fin pudo liberarse. *"¿Que pasa aquí?"*, De repente sintió dos manos que lo tomaron por la espalda y lo abrazaron fuertemente.

—Quieto, ¿a dónde crees que vas? —escuchó Julián sin poder observar quien lo sostenía.

—Por favor, suélteme, no he visto nada, lo juro, sólo estaba buscando donde pasar la noche, —exclamó Julián mientras intentaba liberarse.

—Sé quién eres, chico, ¿pensé que ya estarías en casa? —dijo el sujeto que lo tenía aprisionado.

Como si la escena que estaban presenciando activara algo en sus cabezas, todos iniciaron un grito al unísono, acompañado de risas y movimientos erráticos en sus puestos.

—¡Aaaa, ja, ja, ja! —gritaban todos los ancianos y discapacitados del lugar.

—Déjeme ir, por favor, no diré nada.

—Ya tuviste la oportunidad de irte y la desaprovechaste, —respondió el sujeto mientras lo arrastraba por el salón hasta llegar a la puerta del pasillo nuevamente.

De un empujón el sujeto abrió la puerta y con fuerza giró a Julián hasta dejarlo de frente.

—¡Gabriel! —exclamó Julián mientras su mirada se encontraba con la del anciano que lo esperaba en medio del pasillo.

—¡Con que esta es la rata! —dijo Gabriel con una sonrisa—. Sigue, por favor, no hagas que nuestro anfitrión se impaciente, —continúo diciendo mientras extendía su mano haciendo una pequeña reverencia, al tiempo que señalaba un cuarto del pasillo que tenía la puerta abierta.

Con empujones y forcejeos, Sebas arrastró a Julián hasta llegar a la puerta de la habitación que se encontraba a su derecha, —¿Que me van a hacer?

En este se encontraba Cris en el fondo acostado en posición fetal con sus múltiples cortaduras llorando incontroladamente.

—Sigue, por favor, es un placer tenerte con nosotros, —exclamó Gabriel detrás de Julián mientras era obligado a ingresar a la habitación—. ¿Creo que reconoces a nuestro invitado? —continuó mientras se acercaba a Cris.

Sin mediar palabra, lanzó una patada fuerte con su pierna derecha golpeando el rostro de Cris.

—Mira, desgraciado marica, míralo a él, él decide si tú vas a vivir o a morir, —expresó Gabriel mientras tomaba del pelo a Cris—. Así como tu decidías sobre su vida antes, ahora el decidirá sobre la tuya, —continúo mientras le hacía levantar la cabeza en dirección a Julián.

—Oye, ya basta de muertes, ¿no crees? Gabriel, —dijo Sebas que se encontraba sosteniendo a Julián por la espalda.

—¡Cállate! idiota aquí se hace lo que yo diga, —respondió Gabriel con tono de voz fuerte.

—Pero dijiste que lo que hacíamos aquí, era por el bien de todos — replicó Sebas mientras soltaba a Julián de un empujón y lo hacía caer casi de frente a la cara de Cris.

—Y lo es, Sebas, ¿tú crees que no hacemos el bien? claro que hacemos el bien, estos tipos así de dañados y enfermos no le hacen bien a nadie, lo único para lo que sirven es para traer dolor, sufrimiento y muerte, ¿acaso no viste lo que le iban hacer al gordito?

—Sí, señor, yo lo vi, pero me dijiste que los íbamos a castigar, tal y como lo haría Dios, pero no creo que Dios los quiera muertos.

—Mi querido niño, Dios es justo, ¿tú cómo crees que Dios Castiga? pues de la misma forma en la que los humanos pecamos: el que mata termina muriendo, el que roba termina perdiendo la mano con la que robo, el que viola termina sin sus genitales así como lo hemos hecho nosotros así es como lo haría Dios. Yo soy viejo y tengo conocimiento sobre eso, tú aun eres muy joven y por eso estas aquí, para aprender de mí. – exclamó Gabriel mientras se acercaba a Sebas y le tocaba su mejilla derecha con la palma de su mano.

—Bueno, tú eres el que sabe.—replicó mientras inclinaba su cabeza para sentir mejor la mano de Gabriel con suavidad en su rostro

Julián notó algo de duda en Sebas, pero también incredulidad.

—Ven aquí, —gritó Sebas al tiempo que tomó a Julián de las axilas y lo aprisionaba con sus manos en forma de gancho hasta levantarlo, casi como si fuera un muñeco de algodón—. Ya oíste, ¿qué quieres que hagamos con él?

Gabriel caminó acercándose a Cris sin perder su vista del rostro de Julián.

—¿Recuerdas lo que te hizo este asqueroso pecador? —preguntó mientras sostenía la mirada sobre Julián con sus enormes ojos saltones de forma penetrante.

—¿Qué pasara conmigo luego? —preguntó Julián un poco más calmado.

—Nada, simplemente te iras de aquí, —respondió Gabriel sonriendo.

—Si decido que debe continuar con vida, ¿qué pasa conmigo?

—Pues así la cosa cambia, créeme, —bufó Gabriel un segundo—. Sólo pocas personas salen de este lugar, no me presiones tanto —continuo con un tono de voz dulce.

Julián dirigió su mirada hasta los ojos de Cris, quien se encontraba de rodillas frente a él y con una voz débil ahogada por la sangre y las lágrimas suplicó.

—Perdóname, —seguido de una tos inundada de fluidos.

—Entonces ¿qué dices? chico, ¿perdón o castigo? —exclamó Gabriel mientras de su bolsillo sacaba el arma de Raúl.

Sosteniendo la mirada fijamente en los ojos de Cris, Julián contuvo la respiración por unos segundos.

—Castigo, —dijo en voz baja.

—Por favor, no, no me hagas esto, te lo suplicó, —gritó Cris mientras con sus manos tomaba los pies de Julián.

—Lo siento, mariquita, es el mandato de Dios y los enfermos como tu merecen esto, —dijo Gabriel mientras apretaba el gatillo del arma justo sobre la nuca de Cris.

Con sus ojos bien abiertos, Julián aún no podía creer lo que había sucedido.

—Ya, chico, no te preocupes, este sujeto no valía ni un suspiro tuyo, —exclamó Gabriel mientras guardaba nuevamente la pistola en su bolsillo.

—¿Ya me puedo ir? Señor, —preguntó Julián con su voz temblorosa.

—Claro que sí, chico, después de que te saquemos la lengua, —respondió Gabriel en tono serio.

—¿Cómo así? pero dijiste que me podía ir.

—Y te iras, no te preocupes, pero antes hay que protegerte, —dijo Gabriel mientras caminaba dando pasos en torno a Julián, hasta posarse atrás de Sebas.

—Pero cortarme la lengua ¿por qué? habíamos quedado de que me iría completo, —dijo Julián en un tono de voz que denotaba mucha angustia.

—¿Acaso no sabes nada de los tipos serpiente? —preguntó Gabriel con curiosidad.

—¡No! ¿de qué hablas? ¿qué tipos serpiente? —preguntó Julián asustado e incrédulo.

—Bueno, te lo resumo así: Parece que hay una especie de animal que está infectando las personas a través de su lengua; parece que al contacto con ella la gente comienza a cambiar y se vuelven como serpientes, la verdad, es algo grotesco, así que para evitar que nos contagiemos, es necesario no tener lengua, —explicó Gabriel con el ceño fruncido—. ¿No te has preguntado por qué todos aquí no tienen lengua?

—Por favor, no me hagan eso, sólo déjeme ir, yo me cuidaré de esos animales, lo prometo.

—No podemos arriesgarnos, cada persona contagiada sigue contagiando a más y más personas, es mejor evitar eso.

—Por favor, Sebas, suéltame, yo soy bueno, no he cometido ningún pecado ¿por qué me quieres castigar?

—Porque es mandato de Dios.

—No es cierto, Sebas, yo soy cristiano y leo mucho la biblia, voy a la iglesia y en lo que he aprendió, Dios es misericordioso, él perdona las personas no sólo las castiga, esto es obra de Gabriel, él quiere que cometas pecados por él, para sentirse mejor.

—¿Es cierto eso, Gabriel, yo he pecado? —preguntó Sebas mientras miraba a Gabriel.

—No le hagas caso, él sólo dice eso para que te sientas mal y lo sueltes, mejor sostenlo fuerte mientras yo me encargo de todo.

—¿Tú crees que amarrar a las personas, hacer que sufran, golpearlas e inclusive no hacer nada mientras las matan y las torturan, no es pecado? Claro que sí, Sebas, ¡si lo es! Gabriel te ha hecho un pecador, e iras al infierno por eso.

—¿No soy pecador! —gritó Sebas con un tono de voz elevado.

—Sí lo eres, lo eres gracias a Gabriel.

—No le hagas caso, Sebas, mejor ayúdame a que se quede quieto.

—¡No, no! —gritó Sebas lleno de ira en sus ojos—. Me hiciste un pecador, anciano, —vociferaba con rabia al tiempo que de un empujón lanzo a Julián en dirección a la pared que había enfrente, lo que hizo que se golpeara gravemente su cabeza—. ¡No, no soy pecador! —continuaba gritando mientras agarraba con su mano izquierda el cuello de Gabriel y le daba golpes en la cabeza con su mano derecha.

—Suéltame, Sebas, esto es lo que quiere.

Gabriel, siendo asfixiado, introdujo su mano derecha en el bolsillo de su pantalón para sacar su arma.

—¡Noooo! —gritaba enardecido Sebas.

Con un movimiento brusco, lanzó a Gabriel hacia el suelo sin notar que de la fuerza que le estaba ejerciendo en el cuello, había desprendido su tráquea. Con movimientos de agonía, Gabriel se estremecía en el piso sin poder respirar, esforzando sus pulmones para expandirlos, se llenaba de angustia al ver que no lo lograba.

—Gruashhh, gruashh, —se escuchaba la respiración de Gabriel de forma forzada. Sebas con cara de preocupación veía cómo se le escapaba la vida a Gabriel con cada intento de inspiración, pasados unos segundos, se logró escuchar un leve silbido, muy tenue expulsado de la boca de Gabriel antes de quedar inerte, con un rostro que transmitía desespero.

—No hagas eso, Gabriel, levántate, —dijo Sebas mientras acercaba su rostro al de Gabriel.

—Está muerto, —exclamó Julián al tiempo que intentaba recomponerse en el piso mientras sostenía su cabeza con ambas manos.

Al tomar su parietal, notó que la parte superior de su cabeza estaba sangrando de forma profusa.

—Eres bueno, Sebas, no te preocupes por él, Gabriel sólo te estaba manipulando, ven conmigo a mi iglesia y serás recompensado por Dios, por ayudar a todas las personas, ¡te lo juro! —continúo pregonando en el suelo mientras intentaba levantarse con dificultad.

—¿Soy buena persona?

—Claro que sí, lo eres, y seguirás siéndolo, ayúdame por favor y yo te mostrare cómo es el perdón de Dios.

—Bueno, seré buena persona contigo, vamos a salir de aquí con mis amigos y luego iremos a la iglesia ¿qué dices?

—Gracias, de verdad, Sebas, Dios te va a querer mucho por cómo eres.

De repente, Julián escuchó un disparo fuerte proveniente de la parte posterior de Sebas.

¡Pum!

Escuchó seguido de un chorro de sangre que le empapo todo su rostro.

*"¿Qué pasó?"*, pensó Julián al tiempo que sentía el calor de la sangre recorriendo su rostro. Levantó su mirada en dirección a los ojos de Sebas, los cuales se encontraban sin vida, apáticos sin dirección alguna, luego cayó sobre él con su enorme cuerpo lleno de agujeros de escopeta en su espalda, los cuales alcanzaron a traspasar su torso y salieron por su pecho.

CHarlie

Charlie quedó atónito con la escena que estaba observando, *"de seguro así saludan todos en este lugar"*, pensó mientras se alejaba un poco de Eddie. Retrocediendo unos cuantos pasos, llegó a una mesa larga, que se encontraba junto a la pared del fondo, donde había un barman sirviendo tragos a todos en la fiesta.

—¿Que desea tomar, señor? —dijo el barman con una voz agradable. —Un whisky, por favor, —solicitó Charlie con amabilidad.

De pie, cerca de la mesa, Charlie continúo observando la discusión que tenía Eddie con su padre.

—No entiendo, ¿porque dijo Eddie que la oreja que encontré era de su padre? —se preguntó intentando hallar una respuesta.

—Aquí tiene su whisky, señor, —dijo el barman mientras le pasaba una copa sobre la mesa llena de su licor favorito.

—Gracias, toma por tus servicios, —exclamó Charlie mientras le pasaba un billete al joven, en gesto de agradecimiento.

Con el primer sorbo de whisky, Charlie recordó porqué se encontraba en dicha fiesta, *"es verdad, Julián, ¿dónde estará?"*. Se acercó nuevamente a la mesa y llamo al barman.

—Joven, usted, de casualidad ¿ha visto un hombre, como de mi edad, algo gordo, con la nariz respingada y los ojos azules?

—La verdad no, señor, tal vez esté en los cuartos que están al otro lado, junto a la tarima, por allá, —dijo el barman mientras señalaba un pasillo con su mano derecha, el cual estaba oculto tras una cortina de colgandejos de lentejuelas brillantes.

—Muchas gracias, joven.

Dando pasos lentos, Charlie caminó por el centro del salón, atravesando la pista de baile con cuidado y observando a todas las personas que se encontraban allí, algunos conocidos de su trabajo, otros que nunca había visto en la vida y uno que otro famoso conocido de la familia Cortés.

En medio de la pista de baile, una pareja se tropezó con él haciendo que presionara la cámara que tenía en su bolsillo contra su muslo, *"debería tomar algunas fotos para mostrar en la oficina"*, pensó al tiempo que sacaba la cámara y se situaba a un lado del salón para ubicarse mejor.

La mayoría de las personas estaban bailando, unos pocos bebiendo, otros riendo, el salón tenía un ambiente de camaradería, como si todos fuesen amigos; dicho momento quedó registrado en la cámara de Leonor gracias a Charlie. *"Buenas fotos"*, susurró mientras oprimía el botón de captura de imagen. Después de varias tomas, guardó la cámara, respiró profundo y caminó hasta la entrada de lentejuelas, corrió el colgandejo con su mano derecha, el cual ocasiono un poco de ruido, lo que hizo que varias personas giraran en un movimiento rítmico sus rostros en dirección a él. Con algo de pena Charlie dio una pequeña sonrisa y entro al pasillo. *"¡Esto parece un burdel!"*, pensó mientras caminaba.

El lugar era utilizado como zona de eventos por la familia Cortés, los cuales en su mayoría terminaban en encuentros sexuales, por lo que la comparación de Charlie no estaba tan errada; el pasillo tenía un color rojo tenue y múltiples habitaciones pequeñas, las cuales también estaban ocultas con una puerta de colgandejos de lentejuelas brillantes, *"¿parece que aquí es donde está la fiesta, de seguro Julián está aquí"*. Con delicadeza, abrió la primera cortina de lentejuelas sin hacer ningún ruido, detrás de ella había una pareja de hombres besándose.

—Shh, shh, Julián, sh, —dijo Charlie en voz baja.

—Lárgate de aquí, —respondió uno de los hombres, el más corpulento mientras le daba la espalda.

*"¡No!, no es"*, pensó Charlie mientras daba media vuelta. Se dirigió al cuarto de enfrente y nuevamente con un leve movimiento introdujo su cabeza para observar el

interior, en este había una mujer y un hombre teniendo relaciones sexuales, *"no, aquí tampoco es, esto tardara horas"*, pensó mientras continuaba caminando. Se dirigió a cada una de las habitaciones y por todas ellas introdujo su cabeza a través de los colgandejos de lentejuelas con el fin de encontrar a Julián sin obtener éxito.

*"Que suerte la mía"*. Lo único que vio en dichas habitaciones, fue personas en su mayoría teniendo relaciones, algunos en pleno coito y otras simplemente besándose, *"vaya que hay mucho caliente en esta fiesta"*, se dijo mientras se dirigía a la última habitación, *"¿aquí debe estar?"*, pensó al tiempo que introducía su cabeza e intentaba enfocar su mirada en las personas del cuarto. *"No puede ser, el señor Cortés"*, pensó con asombro, *"por Dios, esa no es su prometida"*, continuó mientras mantenía su boca abierta.

Con la cabeza dentro de la habitación, observando el rostro de placer del señor Cortés, sintió una mano que le apretó el hombro izquierdo, lo que género que diera un pequeño salto a su derecha, al tiempo que ahogo un grito de terror.

—Soy yo tonto, no te asustes, —dijo Eddie.

—Tenemos que tomar aire, aquí hay algo extraño, —continúo diciendo mientras tomaba de la camisa a Charlie y lo jalaba hasta la salida del pasillo.

—Vamos, hay que hablar afuera en la camioneta.

—¿Qué pasa, por qué estas angustiado?

—En la camioneta te digo.

Pasando nuevamente frente a todas las mesas y viendo las personas de la reunión, disimularon estar sonrientes.

—Pon cara de alegría, hazme caso, —susurró Eddie mientras salían del lugar.

De lo que no se percataron, fue que más de la mitad de los integrantes de la fiesta, fijaron sus miradas en ellos, observando cada pasó que daban con detenimiento como si fueran el centro de atención, hasta llegar a la puerta de salida, casi sin parpadear. Ya en la camioneta Eddie le solicito la cámara a Charlie.

—Pude ver que tomaste algunas fotos de las personas en la fiesta, déjame verlas.

Charlie encendió la cámara y se la pasó a Eddie.

—¿Que estás buscando?

—Esto es lo que estoy buscando, mira bien de cerca estas personas, ¿notas algo extraño en ellas?

—No veo nada raro, ¿qué tienen?

—Mira bien sus ojos.

Charlie acerco su rostro a la pantalla.

—La mayoría los tiene de color verde. Te apuesto que los ojos de ellos no son de ese color, —continuo Eddie exaltado.

—Tienes razón, ellos no tienen esos ojos, ¿crees que sean los suplantadores?

—Sí, y creo que mi padre también es uno de ellos, no parece él, habla como él, pero hay algo que me hace desconfiar, es como si cambiara sus expresiones, como si lo que dijera no estuviera acorde con lo que siente, además hay algunos recuerdos del pasado que cambio, inventó cosas nuevas.

—¿Cómo así?

—Cómo te explico.

Eddi inspiró profundo tomándose la cabeza con ambas manos, haciendo su cabello hacia atrás

—Él sabe del recuerdo, pero no tal cual como se presentó. Un ejemplo: hablamos sobre un accidente que yo tuve cuando me arrollo un camión de pequeño y él no recordaba eso, sabiendo que fue quien más luchó con el conductor del camión.

Pasó la palma de su mano derecha por

su rostro —¿No te parece extraño?

—Me preocupa lo que dices, si esta gente ya tiene los ojos verdes, quiere decir que algo les pasó a los verdaderos.

—¿Será que ya están muertos?

—¿Encontraste a tu amigo?

—No la verdad no, ¿dónde más puede estar?

—Si no está aquí y según lo que me contaste, el único sitio al que pudo ir es el hogar de ancianos "el último apoyo", es el lugar donde las personas que necesitan un techo se dirigen; lo atienden dos buenos amigos, Gabriel y Sebas, son muy religiosos, siempre quieren ayudar al prójimo y esas cosas, vamos a buscarlo allá.

—Deberíamos ir a traer al señor Cortés, mi jefe, no es mala persona, además no vi sus ojos verdes.

—Déjalo así, no vayas, esa fiesta es peligrosa.

—Hay que sacarlo de este lugar, no puedo dejar que lo suplanten.

Entrando al salón, Charlie caminó por un lado de las mesas en dirección al pasillo oculto tras las lentejuelas, *"esto se pone cada vez más raro, debo darme prisa"*, pensó mientras observaba a todos a su alrededor. Como si estuvieran sincronizados, todas las personas en la fiesta estaban emparejadas, algunos en las mesas, otros en la barra, la mayoría en la pista de baile, todos absolutamente todos uniendo sus labios en un beso húmedo muy apasionado, inclusive se formaron algunas parejas del mismo sexo, *"no pensé que en la compañía hubiera tanto homosexual"*. Cruzó la barrera de lentejuelas y corrió hasta llegar a la última habitación donde estaba el señor Cortés, introdujo su cabeza para observar el interior, *"qué bien, está solo"*.

—Señor, disculpe, señor, deberíamos irnos de aquí.

Extendió su mano derecha en dirección al hombro izquierdo del señor Cortés y con un movimiento suave lo giró lentamente para poder ver su rostro.

—Señor, disculpe.

Charlie no pudo terminar la frase ya que quedo aterrorizado con el rostro del señor Cortés, su cara denotaba un intenso dolor, tenía múltiples laceraciones que iniciaban en su frente y terminaban en su tórax, sus orejas estaban colgando de su mandíbula al tiempo que escurrían un líquido oscuro y viscoso; además, en la zona en que deberían estar sus ojos, sólo se podía observar la oscuridad de dos cuencas vacías.

—¡Ayúdame! —gritó escupiendo sangre y moco, mientras extendía sus manos las cuales sostenían sus ojos.

Charlie, con un salto hacia atrás se alejó de él, aterrado se dispuso a salir del lugar, retrocedió hasta la salida del cuarto, giró lentamente su cabeza en dirección a la cascada de lentejuelas que marcaba el fin del pasillo, al tiempo que detallaba la luz de la pista de baile, sus ojos enfocaron una escena macabra; todas las personas que había visto hace un momento teniendo relaciones, estaban sacando sus rostros atravesando las cortinas de lentejuelas de sus habitaciones, cada uno impregnado de una expresión de terror, angustia y pánico, uno que otro con sus músculos faciales expuestos, con múltiples laceraciones y la gran mayoría con sus cavidades oculares vacías, sangrantes y gimiendo de dolor. *"¡¿Qué es esto?!"*.

Pasados unos segundos comenzó a correr tratando de evitar observar los rostros de sus compañeros. Todos al escuchar los pasos de Charlie extendieron sus manos para poder agarrarlo.

—¡No, por favor! —gritaba mientras esquivaba los manotazos.

Llegando al salón principal continúo corriendo mientras giraba su cabeza en torno a las mesas, intentando hacer un barrido de todo el lugar, *"por Dios ¿qué pasa aquí?"*, pensó mientras veía como todas las personas del salón estaban desnudas en pleno coito.

Parecía una expresión de dolor con placer, las parejas se estaban lastimando, arañando sus rostros, golpeándose y todos en una sola voz gimiendo en una especie de orgia de sangre, placer y sufrimiento que ensordecía los oídos de Charlie con cada pasó que daba. Llegó hasta la puerta de salida de la finca, donde estaba Eddie esperándolo.

—Arranca la camioneta, Eddie, por favor, arranca.

—¡Sube! —gritó mientras observaba que tras de Charlie se asomaban muchos de los invitados de la fiesta.

Desde la oscuridad de la puerta principal en la entrada a la finca, se desdibujaban siluetas humanoides atemorizantes, cuerpos que se erguían altos y fornidos, al parecer desnudos con sus ojos verdes brillantes penetrando el interior de sus almas. Sin observar atrás, Charlie corrió con todas sus fuerzas hasta llegar al asiento del copiloto.

—Ahora sí creo todo lo que me dijiste.

—¿Ves lo que te decía? Algo está pasando aquí y tiene que ver con los Sangre de ceniza.

—Vamos al hogar de ancianos que me dijiste. Allá debe estar Julián.

Eddie condujo lentamente por el descenso de la montaña, lo cual angustio a Charlie.

—Conduce más rápido, por favor.

—Voy lo más rápido que puedo, trata de tranquilizarte, ya vamos en camino a buscar a tu amigo.

—Espero de verdad este ahí.

Conduciendo a toda velocidad recorrieron todo el pueblo, detallaron las casas, parques, bosques, praderas, maleza, quebradas, todo envuelto en una pizca de soledad y penumbra, como si la vida se estuviera esfumando en un suspiro lento de todo LostVille.

—Este lugar parece muerto, —exclamó Eddie con voz suave y algo desdichada—. Créeme, LostVille no es así, algo le está pasando.

Recorrieron por unas horas el caminó hasta llegar casi a la salida del pueblo, justo sobre la acera frente al hogar de ancianos "El último apoyo", el cual limitaba con la cabaña de la entrada y la calle deteriorada que conducía a la salida por la autopista.

—Vamos, tenemos que buscar al tal Gabriel, —dijo Charlie mientras bajaba de la camioneta.

Caminaron hasta la entrada del lugar que casualmente tenía la luz del salón recibidor encendida.

—Es muy raro que estén despiertos, —dijo Eddie al tiempo que llegaba hasta la puerta.

Charlie con su mano derecha giró la perilla de la puerta.

—Tienes razón, aquí deben estar porque está abierto.

—Adelántate tú, yo enseguida voy, —dijo Eddie mientras regresaba a la camioneta.

Revisó el asiento trasero donde encontró la escopeta de su padre. Charlie mientras tanto ingresó al lugar con algo de nerviosismo.

*"Qué lugar tan tranquilo"*, pensó Charlie al observar una sala vacía con un pequeño televisor y unos sofás antiguos.

—Buenas, ¿hay alguien aquí? Necesito ayuda, —gritó sin tener una respuesta.

Eddie, con la escopeta en sus manos, procedió a ingresar al lugar. *"Mejor entro por la puerta de atrás, así podemos encontrar más rápido al tal Julián"*, pensó mientras cambiaba de rumbo y se dirigía por el reborde de la casa hasta a la entrada trasera, *"espero que este abierta"*. Un portón grande y viejo con unas pequeñas ventanillas de color azul en medio lo esperaba. *"Cerrado"*, se dijo al girar la perilla del portón, *"debe haber otra forma de entrar"*, continúo pensando mientras movía su cabeza en varias direcciones. Pasado un momento, observó una ventana cerca, la cual estaba entre-abierta, se acercó a ella y la empujo un poco para abrirla en su totalidad, *"perfecto"*. Saltó sobre el borde de la ventana encogiendo su abdomen e inspirando profundo para poder pasar.

¡Pum! Sonaron sus piernas al golpear el suelo.

Eddie se levantó rápidamente y notó que se encontraba en un salón grande, en el cual se hallaban muchos de los residentes del hogar.

—Hola a todos ¿cómo están?

Eddie es una persona muy reconocida en el pueblo, lo que les dio un poco de confianza a todos. José, uno de los ancianos, quien sentía mucha simpatía por Eddie, le hizo un gesto con la mano para que se acercara.

—Don José cuénteme ¿qué le pasa?

El anciano con gestos y lenguaje de señas le indico que no podía hablar, además le advirtió que no hiciera ruido.

—Ok, señor José, no voy hacer ruido, ¿qué es lo que pasa?, ¿porque no puede hablar?

El anciano con sus manos señaló su boca y la de todas las personas del salón, seguido de esto hizo un gesto angustioso que revelo que alguien les había arrancado sus lenguas.

—¡Que! —gritó Eddie sorprendido al no creer lo que les había pasado—. ¿Quién lo hizo? —preguntó frunciendo el ceño—. ¿Fue Gabriel?, —expresó exaltado.

Moviendo su dedo índice en un gesto de negación, José respondió, "no".

—¿Fue Sebas? —preguntó nuevamente al tiempo que sentía que su pregunta generaba un silencio tenso, que envolvió toda la habitación.

Lleno de ansiedad, Eddie comenzó a ver los rostros de todos en el lugar, cada uno intentando expresarse torpemente, le transmitían con sus ojos el pánico que los atormentaba.

Después de un minuto largo, la mayoría de personas con movimientos de su cabeza le denunciaron que sí.

—¡Maldito Sebas, cuando lo encuentre me va a escuchar!

—Por favor no, no lo hagas, escuchó Eddie proveniente del pasillo al otro lado del salón.

*"Allá debe estar"*, tomó la escopeta y caminó hasta la puerta al final del salón al mismo tiempo que revisaba los cartuchos en la recamara de su arma, *"¿qué está pasando aquí?"*, con movimientos muy sutiles salió del lugar en dirección al pasillo.

Guiado por los gritos que escuchaba, fue conducido hasta una habitación a su derecha.

—No soy pecador, —escuchó Eddie mientras se acercaba a la puerta que estaba abierta y asomaba su ojo izquierdo para lograr ver lo que estaba pasando allí dentro.

Observó un sujeto que correspondía a la descripción que le había dado Charlie, *"ese debe ser Julián"*, pensó viéndolo en el piso inconsciente. Había otro sujeto tendido en el suelo con una herida de bala en su nuca, *"este tipo está muerto"*. Eddie dirigió su mirada sobre la pared lateral donde pudo ver a Sebas sosteniendo del cuello a Gabriel, *"lo va a matar"* pensó al tiempo que se dispuso a entrar. Antes de dar un paso dentro de la habitación, observó que Gabriel estaba sacando un arma de su bolsillo, lo cual le hizo retroceder nuevamente, *"¿qué mierda está pasando?"*. Al tiempo que volvía su mirada en dirección al sujeto que yacía en el piso muerto, escuchó un tronido muy fuerte.

¡Crackkk!

Seguido de ello Gabriel cayó al piso con el cuello destrozado. *"No puede ser, lo mato, ¿qué le pasa a Sebas?, está fuera de control"*, pensó mientras sostenía la escopeta con ambas manos. *"Debo hacer algo"* se dijo mientras veía como Sebas se acercaba al sujeto cerca de la pared, *"lo va a matar a él también"*.

Armado de valor, entró a la habitación y sin pensarlo dos veces accionó el gatillo de la escopeta, propiciándole una muerte rápida a Sebas, empapando de sangre el rostro del sujeto frente a él.

—Hola ¿estás bien? ¿eres Julián?

—Sí, soy yo.

Utilizando ambas manos, Eddie logró girar el cadáver corpulento de Sebas quitándolo de encima de Julián.

—Vinimos ayudarte.

—¿Con quién viniste?

En ese momento se asomó Charlie sobre la puerta un poco agitado por haber corrido.

—Hermano ¿estás bien? —gritó Charlie al ver a Julián.

Julián se levantó rápidamente y ambos corrieron y se dieron un abrazo fuerte y caluroso.

—Tenemos que salir de aquí, este pueblo es muy peligroso, —exclamó Charlie manteniendo un rostro de preocupación.

—Tranquilo el peligro eran estos dos y ya están muertos, —respondió Julián más calmado.

—¡No, hay algo peor que estos y viene por nosotros! —gritó Charlie.

—¿Te refieres a los Lengua de serpiente? Ya me contaron. ¿No me digas que crees en eso, Charlie? —comentó Julián de forma irónica.

—No son cuentos, Julián, yo los he visto, te destrozan la piel y el rostro hasta quedar irreconocible. Debemos irnos pronto. – gritó al tiempo que lo tomaba de la mano y lo jalaba hacia la salida.

—Espera un momento.

Regresó al cuerpo sin vida de Gabriel, se inclinó junto a él y tomo el arma que tenía en las manos.

—Ahora sí, vámonos.

—¡Aaaaa! —se escucharon varios gritos provenientes del salón donde estaban todos los ancianos.

—¿Qué está pasando? —preguntó Eddie mientras caminaba hasta la puerta para echar un vistazo—. Ustedes sigan, ya los alcanzo.

Llegó hasta la puerta del salón, asomó su cabeza y logró ver a muchos de los ancianos dirigiendo su mirada a un punto fijo, una ventana que reflejaba la silueta de algo.

—¡Que mierda! —gritó Eddie mientras observaba como esta silueta rompía los cristales de la ventana con su cabeza.

Era Juan, el vagabundo, con sus ojos verdes brillantes y una sonrisa macabra en su cara comenzó a romper las ventanas del lugar dándoles topes con su frente como si no sintiera dolor alguno, *"Juan ¿qué hace aquí?"*. De repente escuchó otra ventana romperse, luego otra y otra más, todas estaban destrozadas, dirigió su mirada a la entrada trasera del lugar y vio cómo los cristales de la ventanilla de la puerta también se destrozaban por culpa de cabezazos de otros habitantes del pueblo. *"¿Qué está pasando...?"* antes de terminar la frase se escuchó un último golpe, más fuerte que los anteriores.

La puerta trasera del lugar se había abierto por completo de un empujón por varias personas que ingresaron atosigadas al mismo tiempo, Eddie, con sus ojos bien abiertos, logró divisar a José, su amigo, quien también centro su mirada en él y con un gesto de angustia le indicó que huyera, que saliera corriendo de ese lugar lo más rápido que pudiera. Antes de retroceder, Eddie alcanzó a ver como Juan llegaba hasta donde estaba José y con sus manos en forma de garras le abría el abdomen con un corte lineal y comenzaba a sacar sus órganos tal como si fuera una bestia salvaje.

—¡Nooo! —gritó Eddie lo que llamo la atención de todos.

—¡A él! —escuchó un grito.

Giró ágilmente en dirección a la salida principal y corrió lo más rápido que pudo hasta llegar a la puerta que conducía al estar de enfermería, nuevamente volteó su rostro para ver si lo estaban siguiendo.

—¡No puede ser! —gritó al observar como Juan estaba detrás de él siguiendo sus pasos, al mismo tiempo que emitía un chillido estruendoso que lograba estremecerlo—. ¡Corran, corran!

Charlie y Julián ya habían salido del hogar y estaban esperando a Eddie cerca de su vehículo, al escuchar su grito de premura, Charlie subió al puesto de copiloto de la camioneta y Julián a uno de los asientos traseros, Charlie encendió el motor de la camioneta para dar un poco más de soltura a Eddie.

—¡Corre, Eddie, corre! —gritaba Charlie con desesperación.

Al momento que Eddie ingresó al vehículo, pisó el acelerador a fondo y arrancó en dirección a la salida del pueblo.

—Gracias a Dios, Eddie, lograste salir, ya estábamos asustados, — dijo Charlie tratando de tranquilizarse.

Con su mirada puesta sobre el hogar de ancianos, Charlie logró ver múltiples puntos verdes que se disipaban en la oscuridad.

—Allí está la cabaña, ya estamos cerca de la salida.

De repente, la camioneta comenzó hacer movimientos bruscos, como en zigzag.

—¿Qué te pasa, Eddie? conduce bien, —gritó Julián desde el asiento trasero.

—No me siento bien, —exclamó Eddie en voz baja mientras su cabeza caía sobre el volante y giraba la dirección de la camioneta hasta chocar contra un árbol que estaba enfrente de la cabaña.

—¿Qué te pasa, Eddie? dime algo, —dijo Charlie mientras trataba de separar la cabeza de Eddie del volante.

—Tenemos que salir de aquí, Charlie, —gritó Julián mientras tomaba a Charlie del hombro izquierdo.

—No podemos dejar a Eddie.

—Vamos, Eddie, despierta, —continúo diciendo Charlie mientras levantaba con fuerza a Eddie alejándolo del volante.

Al tener un espacio suficiente entre el volante y el rostro de Eddie, Charlie con su mano derecha giró su cabeza para poder verlo a los ojos, lo que fue imposible ya que sus ojos estaban colgando de sus cavidades oculares, sostenidos únicamente por el nervio óptico.

—¡Aaaaa! —gritó Charlie soltando la cabeza de Eddie y notando que se había quedado con un pedazo de su oreja en la mano—. ¡No! Eddie, por favor.

—Dame la escopeta, —pidió Eddie con sus últimas fuerzas—. Salgan del auto, por favor.

—¿Qué hacemos ahora? —preguntó Julián.

—No lo sé, correr hasta la autopista, —respondió Charlie.

Observando la carretera en dirección al pueblo, lograron percibir varios puntos verdes que asemejaban ojos brillantes acercándose hacia ellos.

—¡Largo de aquí! —gritó Eddie con voz de desespero. Charlie y Julián salieron de la camioneta con prisa.

—Ssshhhh, —nuevamente se escuchó el chillido ensordecedor.

—Ya están cerca, —gritó Julián.

—No sé qué hacer… —sus palabras se interrumpieron con el sonido de un arma.

¡Pum! Sonó un disparo dentro del vehículo.

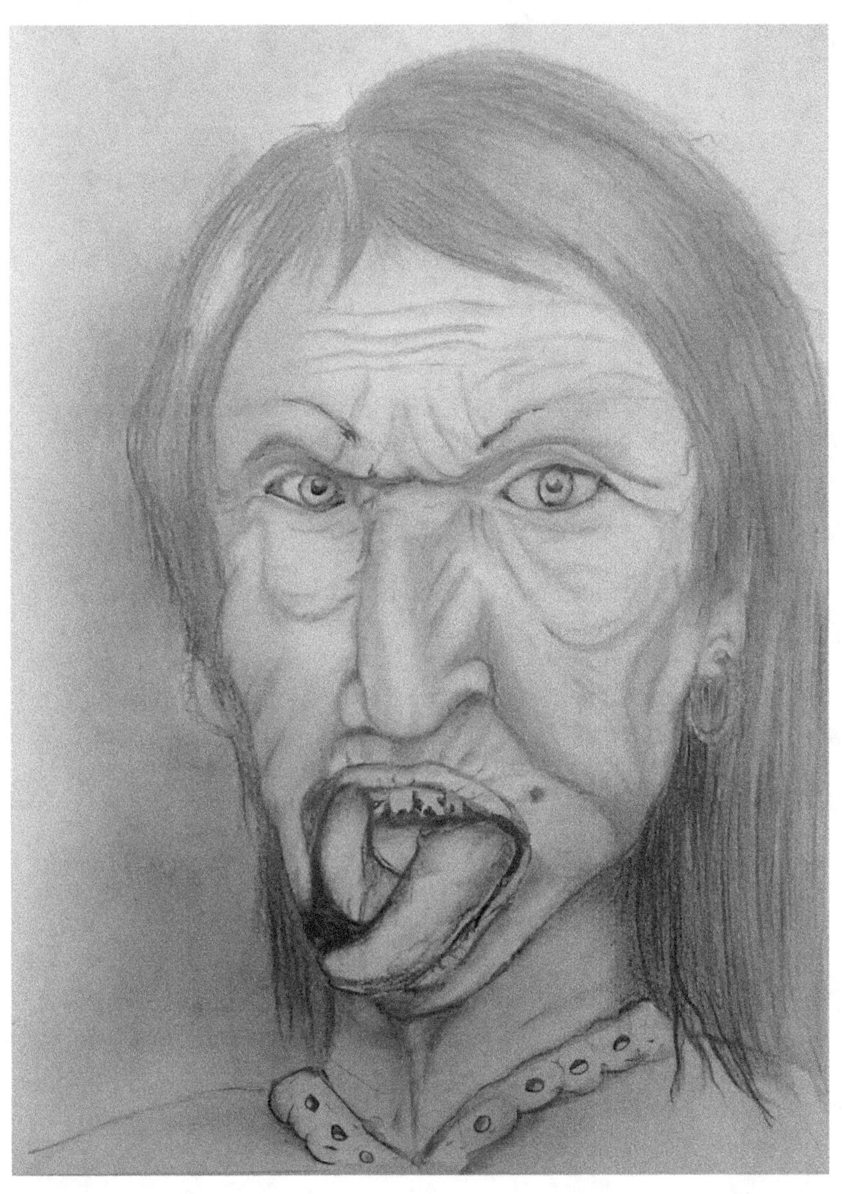

Eddie

Visiblemente enojado, Eddie se acercó a su padre y con un tono de voz fuerte lo confronto.

—¿Qué te pasa, papá? ¿acaso estas muy arrecho?

—No me hables así, yo soy tu padre.

—No mereces que te tenga respeto, ¿debo quererte así te portes mal conmigo? ¿qué crees que soy? ¿un empleado tuyo? yo te hablo como me tratas, no somos niños, —exclamó Eddie bajando de las escaleras—. Debemos afrontar nuestros errores y si me estoy equivocando ahora, pues lo pagaré más adelante, pero esta vez no me callaré, —continúo elevando su voz mientras empujaba el hombro izquierdo de John con su mano derecha.

—Cuidado, hijo, ya eres lo suficientemente adulto como para saber que las palabras no lastiman, pero un buen puño sí, por muy grande que seas, eres mi hijo y si te tengo que corregir como antes, lo haré.

—¿Sabes qué padre? tu problema fue creer que yo sería niño siempre, había olvidado tus tratos de pequeño, pero con lo que vi hoy, entendí que tu como padre eres un excelente policía.

—¿Qué pasa, hijo, tienes muchos traumas? ¿quieres sacarlos?

—¿Eso quieres, padre? Claro que me has ocasionado traumas y lo peor es que aun con la edad que tengo, no has dejado de hacerlo, hagamos terapia, —respondió al tiempo que empuñaba sus manos.

John, con un movimiento rápido se inclinó hacia atrás para así devolver un puño hacia el rostro de Eddie, el cual alcanzó a esquivar girando su torso hacia la izquierda, al ver el abdomen desprotegido de John, contratacó con un rodillazo, pero John logró interponer su canilla flexionando su muslo derecho.

¡Crack!

Se escuchó un ruido crepitante al chocar las dos piernas.

—Jamás pensé que supieras pelear, —dijo John con un rostro que mostraba algo de sevicia como si estuviera disfrutando la pelea.

—¿Qué te pasa, padre, crees que me gusta pelear contigo? lo hago por mi independencia, no quiero seguir sufriendo por ti.

—Déjame darte un consejo, hijo, las peleas son la única forma de independizarse y eso lo aprenderás con la experiencia.

Eddie empañó su vista con lágrimas, por lo que tuvo que limpiar sus ojos para continuar. Al ver eso, John sacó su mano izquierda empuñada y con un gancho lo golpeó en el rostro de forma contundente, tan fuerte que lo lanzó al piso e hizo que de su pómulo y parpado inferior izquierdo brotara sangre.

—Espero me respetes ahora, si lo tengo que hacer nuevamente, lo hare, ya te pedí perdón ¿qué más querías, no era suficiente?

—¡Qué buena forma de pedir perdón! ¿sabes algo? ¡te quiero!, pero al mismo tiempo te odio, no sé si pueda vivir con esos sentimientos luchando dentro de mí.

Se levantó del suelo con dificultad.

—Lo mejor será irme un tiempo para ver cuál de los dos sentimientos gana la pelea, el amor o el odio.

Pasó su mano nuevamente sobre sus ojos

—dependiendo del resultado, sabrás de mí.

Con pasos fuertes, Eddie se dirigió hacia la mesa del comedor donde tenía su bate de béisbol, lo tomó con su mano derecha y con la izquierda tomó las llaves de la camioneta.

—No te me acerques —dijo de forma exaltada mientras apuntaba a la cara de John con el bate.

—No te preocupes, hijo llévate lo que necesites, aquí estaré para ti.

—¡Cállate! tú no puedes ser consistente, no puedes amar y reprender.

Se produjo un silencio tenso en el ambiente.

—Hubiera preferido tener a mi madre aquí y no a usted.

En medio de la tensión del momento, Eddie caminó lentamente rodeando a John y sin perderlo de vista, se situó justo delante de la puerta de salida.

—No sé cómo quererte padre, —exclamó mientras abría la puerta y salía corriendo.

Llegó hasta la camioneta, subió a toda prisa, encendió el motor y dio marcha en dirección a la vía principal del pueblo. *"¿Debería ir a buscar a Leonor?, ella tiene que explicarme qué fue lo que pasó con mi padre"*.

Dando un giro al volante, decidió tomar la vía que conducía a la casa rosa, *"Leonor me debe dar algunas respuestas, no puedo creer que ayer me insinuara cosas y todo fuera mentira"*, gritó dándole un golpe con su mano derecha al volante, *"sólo me utilizó para llegar a mi padre, ¿qué le pasa a esa perra?"*.

Pasado un tiempo corto, llegó a casa de la señora Clara y detuvo la camioneta a unos metros enfrente de la puerta principal, *"espero que esté en la casa"*. Dando pasos suaves, llegó hasta la ventana más grande de la mansión, la cual transmitía la sala principal, en ella observó una escena que le ocasionó retorcijón de estómago. *"¿Qué es esto?"*, pensó mientras se escondía bajo el borde inferior de la ventana. En medio de la sala estaba sentado un sujeto en una silla del comedor, atado de sus manos sobre su espalda y gritando de dolor, Eddie por más que detalló su rostro no pudo reconocerlo, ya que se encontraba severamente lastimado: tenía múltiples arañazos y laceraciones.

—¡Ayuda! —gritó el sujeto con un gesto de sufrimiento. Delante de él estaba de pie Clara.

*"¿Qué está haciendo?"*. Sin parar sus gritos, en ocasiones el sujeto daba pequeños gemidos de excitación, como si lo estuviera disfrutando, *"¡qué mierda!, ¿será una práctica sexual?"*, se dijo en voz baja mientras acercaba un poco más su cara para enfocar mejor.

—Tranquilo, tranquilo, —exclamó la anciana mientras juntaba su rostro hasta quedar frente a frente al sujeto.

*"¿Que le va a hacer?"*. Clara inclinó rápidamente su cuerpo, hasta quedar a unos escasos centímetros de la boca del sujeto.

—¡No, señora Clara, usted no! —susurró Eddie observando como la lengua de Clara se movía de forma errática muy parecida a la de una serpiente—. Ella no es la señora Clara, —afirmó convencido.

Eddie, sorprendido, con sus ojos bien abiertos, observó como la lengua de la anciana se hacía más y más larga, además notó que en su punta tenía una forma casi bífida, que se movía rápidamente zigzagueando de un lado para otro.

—¡Qué asco! —exclamó al ver como esa lengua desagradable se introducía a la fuerza en la boca del sujeto.

Eddie, al no soportar la escena, giró su rostro en dirección a la camioneta y recordó el bate de béisbol que tenía en el asiento del copiloto, sin dudarlo corrió rápidamente hasta él y en menos de un segundo tomó la decisión de ingresar a la casa para confrontar a la señora Clara. Con una patada fuerte, sobre la puerta principal, Eddie logró abrirla completamente, cosa que asustó a Clara.

—¿Qué pasa? ¿quién está ahí? —preguntó la mujer con una voz tenue. Eddie sin dar aviso corrió rápidamente hasta llegar junto a ella.

—¿Qué haces aquí, alguacil? —preguntó con voz dulce.

—¡Cállate! ¿tú quién eres? —preguntó mientras le apuntaba con el bate a su rostro.

—Soy yo, hijo, la señora Clara.

—No te creo ¿quién es él? —continúo preguntando con mucha intensidad en su voz al mismo tiempo que señalaba al sujeto en la silla. —Él es mi amigo, sólo nos estábamos preparando para tener sexo. —Muy conveniente, con la ropa puesta y con su rostro casi desfigurado, —gritó mientras tocaba el hombro de Clara con el bate.

—No me lastimes, hijo, yo ya estoy vieja, un golpe con un palo de esos me lastimaría mucho.

—No te creo nada, muéstrame la lengua.

—Claro que sí, hijo, —respondió Clara de forma calmada. Abrió su boca y sacó su lengua, lo que dejo atónito a Eddie.

—¿Qué pasó? —dijo al ver una lengua completamente normal, muy similar a la de cualquier ser humano—. Podría jurar que su lengua no era así. —¡Aaaa, ayuda! —gritó el sujeto en la silla.

—¿Qué te pasa? —preguntó Eddie mientras giraba su rostro en dirección al sujeto. Al observar el rostro del sujeto, notó que sus ojos comenzaron a salir lentamente de sus cavidades oculares, hasta quedar colgando de ellas—. Pero qué mierda, ¡maldita!

Giró rápidamente y con un movimiento fuerte sosteniendo el bate de béisbol con ambas manos, golpeó a la anciana en el rostro, justo sobre su mandíbula, desprendiéndola por completo, además haciendo que su oreja derecha saliera despedida por los aires.

—¿Que eres? y ¿qué hiciste con la señora Clara?!

—Maldito niño, no entenderías la verdad así te la dibuje con crayolas.

—¿Cómo pudo hablar después de ese golpe?

Mirando con detenimiento a Clara, logró ver como su rostro deforme tenía expuesta su lengua serpenteada dando círculos cortos; además, no pudo observar sangre de sus heridas, sólo una baba espesa de color negro que parecía ceniza.

—¡Perverso niño, desgraciado! —exclamó Clara al tiempo que tomaba su mandíbula con su mano derecha y la acomodó nuevamente en su lugar, como si fuera una ficha de rompecabezas.

Al tiempo que se retorcía, Eddie notó que del orificio que quedó de su oreja, se comenzó a formar una especie de tejido circular de carne que aumento rápidamente de tamaño hasta formar una oreja nueva.

—Mi padre tenía razón, eres un animal diferente a todos.

—¡Aaaa! —se escuchó nuevamente gritar al sujeto en la silla.

—¿Qué pasa? —preguntó Eddie mientras giraba la cabeza nuevamente en dirección a él.

—Ayuda, —expresaba mientras de su cara se desprendían sus ojos y terminaban estrellándose en el suelo.

Seguido de esto, su oreja derecha comenzó a desprenderse lentamente.

—Por Dios, este sujeto va a morir, —exclamó Eddie mientras apuntaba nuevamente al rostro de la anciana con su bate.

—Por favor, no me golpees más, hijo, te lo suplicó, —imploro Clara intentando mostrar arrepentimiento.

—No te creo nada, —gritó Eddie mientras le asestaba otro golpe con su bate de béisbol en las rodillas.

—¡Aaaaa! —gritó Clara de dolor, mientras se arrodillaba.

Eddie observó una cinta pegante que había sobre la mesa de centro.

—Ya sé que hacer contigo.

Tomó la cinta y regresó rápidamente donde se encontraba Clara.

—Con esto no te moverás, perra, —dijo mientras comenzaba a sujetarle las manos sobre su espalda—. Ya no harás más daños.

*"Tengo que advertir a todas las personas del pueblo sobre esto",* pensó apoyando su mano derecha atrás de su cabeza.

—Espéreme aquí, voy a pedir ayuda, no se vaya, —exclamó Eddie dirigiéndose al sujeto de la silla.

Al no obtener respuesta, Eddie pensó lo peor, se acercó al sujeto preocupado y puso su mano derecha sobre su nariz y la izquierda sobre su pecho, *"aún respira y parece que su corazón está latiendo bien"*. Salió de la casa un momento y vio a unos 100 metros de distancia, en la primera casa a su derecha, una persona sentada en una silla.

—Oiga, señor, por favor llame una ambulancia, hay un sujeto mal herido, —gritó Eddie haciendo gestos que le ayudaron a explicar la situación.

El vecino se levantó de su silla y aceptó con su cabeza de forma inexpresiva mientras gritaba.

—¡Sí, lo haré!

*"Ok, ahora si voy a develar este misterio"*, pensó Eddie al tiempo que regresaba nuevamente a la casa y caminaba a donde estaba la señora Clara amarrada. Con un esfuerzo grande la levantó del suelo y la puso en sus hombros.

—Espere aquí, ahora viene una ambulancia para ayudarlo, —dijo Eddie sin obtener una respuesta del sujeto.

Sin prestar mayor importancia, caminó con la señora Clara en sus hombros hasta la camioneta y la lanzó sobre el platón en la parte trasera.

—¡Quédate quieta! —Caminó hasta el asiento del conductor, entro al vehículo y encendió el motor.

*"Vamos al parque del pueblo, allí se acumula la gente a esta hora"*, se dijo mientras ponía en marca la camioneta.

Condujo rápidamente hasta llegar al parque principal del pueblo y haciendo mucho ruido con la bocina de la camioneta llamó la atención de unas pocas personas que se encontraban en dicho lugar, *"¿dónde está la gente?"*. Para sorpresa de Eddie, no había tantos habitantes como él esperaba, *"hay muy pocas personas, por allí veo a Juan, unos cuantos niños, un par de ancianos y por aquel lado está Sebas y Gabriel con su grupo de discapacitados"*. Sacó su cabeza por la ventana del vehículo y comenzó a gritar.

—¡Vengan, por favor, vengan, todos tienen que ver esto, tengan mucho cuidado, acérquense!

Se bajó de la camioneta y caminó hasta la parte trasera, con fuerza levantó en sus manos a la señora Clara y la sostuvo sobre su hombro izquierdo.

—¡Ayuda! —comenzó a gritar Clara —él me quiere matar, ayúdeme por favor, soy Clara todos me conocen, ¡ayuda!

Eddie, sin prestar atención a las suplicas la lanzó al suelo sin delicadeza. La gran mayoría de personas cerca comenzaron a juntarse en torno a Eddie, unos pocos ni siquiera se impresionaron, algunos ancianos, los niños y Juan, el vagabundo, no se inmutaron.

—¡Cállate, perra!

—¿Qué le haces a la señora Clara? —preguntó uno de los ancianos sentado en el parque.

—Esta no es la señora Clara, esto es un animal que se está haciendo pasar por la señora Clara.

—Acérquense, Sebas y Gabriel, traigan a sus viejos para que vean esto, —replicó en dirección a los cuidadores del refugio de ancianos.

Los dos, sin levantarse de sus asientos, le indicaron a Eddie con gestos que no se acercarían, pero si pusieron atención a todo lo que pasaba.

—¿Una persona normal sangra, pero miren esta criatura! —gritó Eddie antes de sestarle un fuerte golpe en la cara a Clara con su bate de béisbol, lo que produjo gritos de desconformidad.

—¿Qué te pasa?, no hagas eso, —se escucharon varias voces.

—¡No sabes que eso me duele, chico, no lo sigas haciendo! —gritó Clara mientras su rostro que había quedado desfigurado mostraba una lengua bífida más larga de lo normal, lo que causó el silencio de todos los residentes del parque en ese momento.

Con una expresión de horror en sus rostros, las personas más cerca comenzaron a correr llenos de pánico.

—Aaaa ¿qué es eso? —preguntó una mujer corriendo asustada.

—Hay animales viviendo como humanos.

—¡No puede ser! —gritó un hombre aterrorizado.

Sebas y Gabriel, aunque no estaban muy cerca, lograron observar la cara de susto y pánico de todas las personas que huían del lugar.

—¿Qué pasó, por qué corren? —preguntó Gabriel desconcertado.

—La señora Clara es un monstruo, —contestó Sebas.

—Tengan cuidado con su lengua, creo que es la fuente del contagio, —grito Eddie con voz grave.

—¿Qué fue lo que dijo? —le preguntó Gabriel a Sebas.

—Creo que dijo que las personas se contagian por tener lengua, — respondió Sebas.

—¿Por su lengua? —exclamó Gabriel sorprendido.

—Deberíamos irnos de aquí antes que nos contagien esas bestias, — expresó Sebas de forma calmada.

—Vámonos, muchachos, regresemos al hogar, —gritó Sebas mientras les daba instrucciones a todos los ancianos y discapacitados de su hogar.

—¿Tenemos que regresar ya? —preguntó uno de los viejos.

—Yo quiero ver qué pasa con la señora Clara, —exclamó José otro de los ancianos en silla de ruedas.

—Es muy peligroso quedarnos aquí, tenemos que irnos ya, —gritó Gabriel con un tono de mando.

—Bueno, vámonos, muchachos, —grito José desde su silla de ruedas mientras la impulsaba en dirección a la salida del pueblo.

—Maldito monstruo ¿qué hiciste con la señora Clara? —preguntó Eddie mientras le daba golpes con la punta del bate en la espalda.

—Yo soy la señora Clara.

—No te creo, desgraciado animal, —replicó antes de propiciarle un nuevo golpe fuerte en las rodillas, haciendo que se luxaran y quedaran en direcciones opuestas a las de sus piernas.

—¡Aaaaa, hijo de puta, no hagas eso!

—Debería matarte aquí mismo.

De repente sintió una mano que se posó sobre su hombro derecho.

—Hola hijo, —escuchó detrás suyo.

Giró lentamente hasta quedar frente a frente a su padre.

—Hola, hijo, parece que resolviste el dilema, ¿quieres que te ayude?
—preguntó John de forma amable.

—No, John la verdad no te necesito, ¿porque no regresas a casa y te pegas un baño frio?

—Como tú digas, hijo, el único problema es que tú tienes las llaves de mi camioneta.

—¿Ese es el problema? pues tómalas, —replicó mientras lanzaba las llaves a sus pies.

Al volver su mirada en la dirección donde se encontraba Clara, Eddie se sorprendió.

—¿Qué pasó? ¿dónde está? ¡Maldita!

Se subió al platón del vehículo en la parte trasera y comenzó a mover su cabeza en varias direcciones intentando localizarla.

—¡Ahí estas! dijo al tiempo que centraba su mirada a unos cuantos metros a su derecha.

Clara estaba arrastrándose de forma extraña sobre su vientre, como si pudiera deslizarse sobre el suelo árido.

—¡No te escaparas! —gritó mientras corría en su búsqueda. Clara moviéndose de forma serpenteante, apresuró su marcha—. ¡Espera, maldita, te mataré!

Justo antes de poder tomarla de los pies, Clara logró introducirse completamente en una de las alcantarillas que había en el reborde del andén de la calle.

—¡Hija de puta!

Pasados unos segundos, llegó su padre John en la camioneta y la estaciono atrás de Eddie.

—Sube, hijo, vamos a buscarla.

Eddie visiblemente agotado decidió subirse a la camioneta frunciendo el ceño.

—Vamos, John, conduce, —exclamó sin voltear a verlo a los ojos.

John presionó el pedal del acelerador fuerte y comenzó a conducir alrededor del parque para salir por la vía segunda del pueblo. —¿Sabes, hijo? yo creo que entre los dos podemos atrapar estas criaturas, ¿qué te parece?

—No sé, déjame lo pienso, por ahora no quiero hablar contigo.

—Entiendo, hijo, pero no crees que… ¡aaaa!

John comenzó a gritar de dolor.

—¿Qué te pasa?

Aún con el pie en el acelerador, John comenzó a manejar de forma descontrolada.

—Oye, detente, por favor, nos vas a matar, —gritó Eddie sin tener respuesta por parte de John.

Lleno de nerviosismo, Eddie accionó el freno de mano el cual hizo que el vehículo generara un sonido fuerte arrastrando sus llantas sobre el suelo.

—¡Ayúdame, hijo!

John, sin fuerzas y con dificultad, abrió la puerta del auto, dio unos pasos cortos fuera de él y comenzó a correr.

—Espera, papá, espera.

Eddie comenzó a correr siguiendo los pasos de su padre.

—¿Qué te pasa, John?

Acelerando su marcha, Eddie no perdió de vista a su padre.

—¿A dónde vas? —le preguntó al verlo atravesar con dificultad una de las ventanas de la cabaña abandonada cerca a la entrada del pueblo.

Eddie lo perdió de vista por un momento, lo cual aumento su angustia, corrió rápidamente hasta llegar a la cabaña, saltó por la ventana y entró a un cuarto pequeño con rastros de sangre en el piso, caminó dando pasos fuertes intentando llamar la atención de John.

El cuarto reflejaba la luz de un pasillo que develaba escombros sobre el suelo.

—¿Estás aquí, padre?

*"Debo tener cuidado"*, pensó al tiempo que aminoro el pasó. —¡Ayúdame, hijo!

Eddie caminó hasta salir del cuarto y cerró la puerta con cuidado, *"viene de aquel lado"*, pensó señalando el último salón del lugar. Caminó lentamente por el pasillo, hasta llegar a la entrada del salón, asomó su cabeza con cuidado y logró ver la espalda de John.

—¡Padre!

Entró despacio de forma torpe tropezando con las cosas del suelo.

—Oye, espera, —exclamó Eddie mientras extendía su mano derecha, con la intención de tomarlo por su hombro.

Al poner su mano sobre el hombro derecho de John, él hizo un movimiento de rechazo rápido, que ocasionó que Eddie golpeara la oreja derecha de John de forma accidental.

—¡Aaaaa! —gritó John mientras sostenía su oreja con su mano. El golpe accidental, aunque ligero, fue suficiente para desprender la mitad de la oreja de John.

—¿Qué pasa, padre? —gritó Eddie al tiempo que giraba lentamente el torso de John para poder observar su rostro—. ¿Qué te pasó?

—Ayúdame, hijo, —continúo diciendo John de forma robótica.

Su rostro mostraba múltiples rasguños, cortadas y laceraciones profundas, además sólo se podía ver uno de sus ojos, el otro reflejaba una cuenca ocular vacía escurriendo sangre y un líquido oscuro muy viscoso que se acumuló sobre el suelo generando un charco desagradable.

—¡Ayúdame, hijo!

Con un gemido leve, John tomó su oreja derecha y de un jalón la desprendió en su totalidad, dio un grito fuerte y prolongado al mismo tiempo que la lanzaba con ira a través de la puerta de entrada, dejando sobre el suelo un rastro de sangre espesa.

—¡Mierda! —exclamó Eddie con un gesto de horror en su rostro—. Tenemos que llevarte al hospital, padre.

—Maldita chatarra la tuya, Raúl, nos dejó a mitad de camino, vejestorio de mierda, —escuchó Eddie proveniente de una voz que no reconoció, la cual se acercaba por la puerta principal de la cabaña. *"¿Quién será?"*, se preguntó muy nervioso mientras giraba su rostro en dirección a la entrada.

—Miren lo que traje, vamos a fumarlo, —dijo otra voz.

—¡Hijos de puta, deben ser unos drogadictos! —expresó con seriedad, *"si nos ven aquí, así como estamos, de seguro me culpan"*. Volteó nuevamente su torso en dirección a donde se encontraba John, pero él ya no estaba.

—Padre ¿dónde estás? —dijo en voz baja al ver la habitación vacía.

—Vamos al fondo y lo fumamos juntos, —escuchó una nueva voz más cerca. *"Son muchos"*.

Con resignación, corrió en dirección a la ventana de uno de los cuartos cercanos al pasillo que daba a la salida que limitaba con la carretera de entrada al pueblo, salto ágilmente a través de ella y se arrastró hasta quedar bien cubierto. *"Espero que se vayan pronto para poder entrar a buscar a mi padre"*, pensó mientras trataba de controlar su respiración, *"debo aguantar un momento a que los adictos comiencen a fumar y salgo"*. Pasado un momento, pensó en salir de su escondite, pero al instante en el que se disponía a levantarse, logró observar otro sujeto gordo entrar a la cabaña, *"otro adicto"*, pensó al tiempo que se escondía sin hacer ningún ruido sobre el borde de la ventana. *"¿Qué vas a hacer, gordo?"*, se preguntó sin prestarle mucha atención, *"voy a esperar un momento hasta que el gordo entre al salón y salgo"*, se dijo de forma tranquila. Recostado sobre la pared exterior de la cabaña, Eddie se distrajo un largo tiempo recordando todo lo que había sucedido. *"El hombre que estaba en casa de la señora Clara, él tenía los mismos síntomas que mi padre, seguro sabe que es lo que pasa"*. Se levantó despacio y se sostuvo del borde de la ventana pasmado. Pasó un largo tiempo hasta que una voz lo hizo despertar.

—Oye, tú, ¿cómo estás? estoy buscando a mi amigo, —escuchó Eddie proveniente de un hombre asomado por la ventana de un automóvil.

Eddie, sin mediar ninguna palabra, levantó su bate de béisbol del suelo y arrancó a correr en dirección a la camioneta que había quedado estacionada a unas cuadras del lugar. Al llegar a la camioneta, encendió su motor y se dirigió a casa de la señora Clara en busca de aquel sujeto. *"Esperemos siga en ese lugar"*, pensó Eddie mientras presionaba el pedal del acelerador a fondo. En medio del trayecto, no podía dejar de pensar en su padre, en la forma en la que se arrancó su oreja, casi sin mostrar dolor, en Clara, en aquel hombre lastimado y sobre todo en Leonor.

Llegó hasta la casa rosa, detuvo la camioneta cerca a la entrada, tomó su bate de béisbol y se bajó a toda prisa.

—Buenas ¿hay alguien? —gritó con fuerza al mismo tiempo que entraba a la casa.

Dio pasos cortos y suaves sin hacer mucho ruido hasta llegar a la sala donde había dejado al sujeto, hizo un barrido del lugar y no pudo encontrarlo. *"¿Dónde está?"*, se preguntó. Caminó un poco hasta llegar a la parte trasera de la casa y al girar su mirada en dirección a la puerta de salida, logró ver la espalda de Leonor.

—¡Oye, Leonor, necesito hablar contigo! —gritó mientras daba algunos pasos en su dirección.

Leonor se alertó de la presencia de Eddie, giró su rostro, lo observó fijamente a los ojos, dio un pequeño chillido, se lanzó de panza al suelo del patio y se perdió entre la hierba deslizándose en el piso.

—¡Maldición, Leonor también, ¿qué es esto?!

*"Será que el vecino, sabe que pasó con el sujeto"*, pensó mientras salía de la casa. Caminó un momento sobre la carretera destapada hasta llegar a la casa del vecino, desde lejos lo vio caminar por la acera.

—Disculpe, señor, ¿usted al fin llamó a la ambulancia?

—Claro ellos vinieron y se llevaron al herido, —respondió el vecino con un rostro inexpresivo.

*"Nunca son tan rápidos"*, pensó de forma dudosa.

—Muchas gracias, señor.

—No es problema.

Eddie dio media vuelta y se dirigió hasta la camioneta, *"lo mejor será volver a casa y esperar a mi padre"*, pensó intentando estar más calmado mientras abría la puerta de la camioneta. Encendió el vehículo y condujo lentamente, pensativo todo el camino, recordó lo que había pasado con Leonor, su padre, además materializando en su mente el rostro de Clara, los gritos de las personas en el parque, la escena que vivió con su padre en la cabaña, todo acompañado de un aura de miedo, dudas e incertidumbre.

*"Esperemos que mi padre llegue pronto"*, pensó al tiempo que detenía la camioneta cerca a su casa. Se bajó del vehículo, caminó hasta la puerta de entrada a la casa, dio media vuelta en dirección a la cancha de futbol y se detuvo un segundo asimilando todo, pasmado, con sus ojos bien abiertos sin parpadear, observando la hierba crecer lentamente, acompañado del ruido de la soledad cobijando su espalda.

Julián

Con muchos nervios, Julián no podía retirar su vista del
caminó en dirección a los ojos brillantes que se acercaban
haciendo un chillido aterrador.

—¡Son muchos! —gritó Charlie mientras se
aproximaba a Julián.

Tomándolo del hombro izquierdo, Charlie intentó girar
a Julián para que posara su vista en el camino de salida
hasta la autopista.

—Espera, no creo que alcancemos a llegar a la
autopista, —exclamó Julián mientras movía su mano
izquierda para retirar a Charlie de su hombro—. Vamos a
tener que enfrentarnos a ellos, —continúo hablando al
tiempo que metía su mano derecha dentro del bolsillo de
su pantalón y sacaba el arma que le había quitado a
Gabriel anteriormente.

—No creo que te alcancen las balas, —dijo Charlie en un tono de voz alta.

—Tendré que intentarlo, o ¿tienes un mejor plan?, porque correr hasta la casa, no creo que sea una buena idea, —respondió Julián de forma sarcástica.

—¡Ya se! —gritó Charlie sonriendo—. No tenemos que correr hasta la casa, sólo son un par de kilómetros hasta al auto abandonado, ¿lo recuerdas?, yo lo repare, sólo hay que encenderlo e irnos.

—Sí, lo recuerdo, ¡corre rápido, corre!

Julián se sentía diferente en ese momento, sabía que algo en él había cambiado, un sentimiento que no tenía muy claro, tal vez el hecho de estar rodeado de peligros o de haber escapado de la muerte en varias ocasiones hizo que viera la vida de otra forma. Lo cierto es que sentía que ahora poseía el valor suficiente como para vencer todo lo que se le presente.

Tomó de la camisa a Charlie y de un tirón lo lanzo frente a él.

—¡Vamos corre deprisa! Yo soy el gordo aquí, por eso debo ser el lento, corre y ve prendiendo el auto, —gritó Julián de forma desesperada.

Charlie asintió con su cabeza y comenzó a correr con todas sus fuerzas, Julián, un poco retrasado empezó a tener poca respuesta de sus piernas, sentía que pesaban más de lo normal, el cansancio de un día lleno de estrés físico y emocional lo tenían agobiado, sus pasos eran cada vez más lentos y más cortos de lo que estaba acostumbrado. Observando la luz de la luna que se reflejaba sobre la espalda de Charlie delante de él, se cuestionó, *"no creo que logre llegar hasta el auto"*. Giró su rostro hacia atrás sin detener sus pasos y enfocó los ojos brillantes a tan sólo unos cuantos metros sobre él, eran una multitud, casi no podía contarlos, su mente asumía que se trataba de cientos. *"¿De dónde salieron tantas personas?"* se preguntó. Con sus miradas penetrantes y aterradoras, Julián sintió como si estuvieran viendo su interior.

—Todo el pueblo está detrás de nosotros, —dijo en voz baja mientras dirigía nuevamente su cabeza en dirección a la salida.

Cerrando un poco sus ojos, vio con sorpresa que Charlie ya no estaba, corrió tan rápido que lo había dejado atrás, hasta quedar completamente solo.

—¡No puedo más, hasta aquí puedo correr! —gritó con poco aliento, exhausto y sin fuerzas.

¡Pum! Sonó un disparo.

—Vienen por mí, ¡aquí me tienen! —gritó Julián con su brazo derecho extendido al cielo y en su mano la pistola que desprendía humo del cañón. Se dio la vuelta completamente hasta quedar enfrente de aquellas criaturas que lo estaban persiguiendo—. Vamos, ¿quién viene?

Aunque no podía ver sus rostros ni sus cuerpos, sí lograba sentir sus miradas, tal como si estuvieran husmeando en su corazón, acompañado de un frio atemorizante, como si una gota de agua helada recorriera toda su espalda, Julián retador tensionó sus músculos y arrugo su frente. Las enormes esferas brillantes corrían de una forma errática y veloz, en tan solo un parpadeo, Julián los vio a una distancia de cinco metros, *"¿qué es eso?"* se preguntó con inquietud mientras miraba detenidamente los ojos de las criaturas. Eran perlas del tamaño de pelotas de golf con la esclera de color verde intenso, tan intenso que parecían brillar en la oscuridad, sus pupilas eran lineales, de color dorado, ubicadas en forma vertical, como la de un gato viendo en la noche, sus parpados estaban ubicados en la zona lateral de los ojos, cuando parpadeaban se podía ver una escasa telilla blanquecina babosa cubriendo el ojo, de izquierda a derecha, algo bastante grotesco.

—¿Qué mierda pasa en este pueblo? —gritó Julián al mismo tiempo que les comenzaba apuntar con su arma.

A medida que observaba un par de ojos, otros dos más aparecían junto a él, *"son muchos, no podré con todos"* exclamó bajando su cabeza, *"nunca pensé que moriría devorado por una criatura"* se dijo resignado. *"Esta vez escogeré como voy a morir"*, pensó mientras tomaba el arma y ponía el cañón dentro de su boca. Respirando de forma apresurada, sus latidos comenzaron acelerarse, una lagrima brotó de su ojo izquierdo hasta llegar a su mejilla, inspiró profundamente y mantuvo el aire en sus pulmones. Estaba preparado para apretar el gatillo, pero antes de hacerlo, escuchó un ruido a su espalda; Charlie había llegado en el auto y apenas estuvo cerca, encendió las luces altas, con la intensión de dejar ciegos por unos instantes a las criaturas.

—¡¿Qué estás haciendo?! —gritó Charlie.

El fuerte rayo de luz logró iluminar unos cuantos metros frente a ellos, dejando al descubierto por unos segundos a las criaturas en detalle: eran bestias humanoides altas con sus cuerpos alargados, extremidades gruesas con las fibras musculares tensionadas, sobre todo en las piernas, los muslos y los antebrazos, sus manos tenían palmas anchas, dedos largos, más de los de un humano promedio, como si tuvieran una falange extra, sus cuellos eran delgados, sus rostros tenía manchas de color verde oscuro sin un patrón especial, la boca era extensa con una sonrisa que mostraba sus dientes blancos bien afilados, su nariz era perfecta, respingada, sin deformidades y sus ojos parecían esferas que se prendían en fuego vivo, muy intimidantes.

—Vamos, sube rápido, —dijo Charlie mientras abría la puerta del copiloto del auto.

Julián por un momento quedo paralizado por lo que había visto, la luz llegaba bastante lejos y aun en el límite entre oscuridad y resplandor, se podían observar estas bestias. *"Por Dios"*, pensó intrigado.

—¡¿Vas a subir o no?! —gritó nuevamente Charlie mientras aceleraba el motor aumentando la intensidad de la luz. Julián pasó saliva rápidamente y de un salto ingreso al vehículo.

—Vamos, vamos acelera, —exclamó al tiempo que miraba en dirección a las criaturas.

Charlie dio marcha al vehículo en reversa, pisó el pedal del acelerador a fondo intentando obtener mayor velocidad, pero debido al mal estado de la carretera, fue imposible, avanzaron tan lento que permitió a las criaturas alcanzar el auto.

—¡Hijos de puta! —gritó Charlie observando como golpeaban el vehículo.

Con puños y arañazos lograron destruir las luces delanteras.

—Por favor, Charlie tu eres el mejor conductor que conozco, ¡sácanos de aquí!

Una criatura se quedó mirándolo a través del cristal por un segundo, antes de darle un fuerte golpe a la ventana con el codo derecho, quebrando el vidrio en mil pedazos, haciendo un chillido ensordecedor introdujo su mano y tomó a Julián del cuello.

—¡Ayuda! —gritó sin aliento.

En medio del desespero, Julián recordó el arma que tenía en su mano, sacó su brazo derecho por la ventana y colocó el cañón del arma justo sobre la frente de la criatura.

¡Pum!

Apretó el gatillo con fuerza lo que desprendió la parte trasera del cráneo de la bestia, haciendo que lo soltara de inmediato y comenzara a rodar sobre el piso.

Charlie giró con brusquedad el volate del auto hacia la izquierda, mientras su mano derecha accionaba el freno de mano, lo que hizo que el carro diera un giró sobre su eje de 90 grados, dejándolos de frente por el camino, en dirección a la salida del pueblo.

—¿Ya, ya, ya acelera!

Algunas criaturas saltaron sobre el vehículo y comenzaron a darle arañazos, rompieron las luces traseras, pero tan pronto como Charlie pisó el acelerador a fondo, tambalearon y cayeron dando botes un poco desorientados.

—¡Sí! —gritó Julián al ver como el auto generaba una nube de polvo y humo en el ambiente.

Julián trató de tranquilizarse un poco conteniendo su respiración y mirando atrás por el espejo retrovisor observando como las luces brillantes se iban desvaneciendo poco a poco. Llegaron hasta la autopista con el acelerador a fondo y sin mediar la velocidad, tomaron la ruta directa hasta Ciudad Capital, su lugar de residencia.

—¿Estás bien? —preguntó Charlie angustiado mientras miraba a Julián de arriba abajo.

—Sí, lo estoy, no te preocupes, ¿tu como estas?

—Muy agotado, pero no tanto como para detenerme a descansar.

Julián, con una sonrisa le dio un par de golpecitos en la espalda con su mano izquierda.

—Gracias por venir por mí, —suspiró.

—No fue nada, eres mi hermano y te quiero, nunca te hubiera abandonado, trata de descansar mientras llegamos.

—Te voy acompañar hasta llegar a casa, —exclamó Julián mientras apoyaba su cabeza sobre la puerta del auto mirando el camino y la oscuridad del paisaje, con los ojos pesados y parpadeando de forma muy lenta.

—¡Cuidado! —gritó Julián al ver un sujeto que parecía estar desnudo sobre la carretera.

Charlie hizo un movimiento rápido del volante a la derecha para evitar atropellarlo, lo que ocasionó que se salieran del camino y quedaran atrapados en medio de un profundo hueco de lodo que había justo al reborde de la carretera. —¿Lo atropellaste?

—No, pero creo que estamos atorados.

La llanta trasera del auto giraba con rapidez, pero lo único que podía mover era un poco de fango que hacía que resbalara.

—No puede ser, ¿qué hacemos? —dijo Julián mientras miraba hacia atrás sin poder divisar al sujeto en medio de la carretera.

—Voy a bajarme un momento a empujar, —expresó Julián mientras abría la puerta del auto y ponía su pie derecho sobre el lodo—. ¡Qué asco! —dijo mientras su mirada se dirigía hacia su pie embarrado.

Al volver su vista al frente, notó que aquel sujeto se encontraba parado justo delante de él.

—Mierda, ¿quién eres? —gritó Julián al no poder distinguir su rostro.

—¿Creíste que te desharías de mí? gordo asqueroso, estaré contigo siempre, —dijo el sujeto mientras develaba su rostro ante la luz de la luna.

—¡Raúl!, pero si estabas muerto.

—¿Acaso me viste morir, maldito gordo? sabes que, vine a darte un beso de despedida, —respondió Raúl mientras apuntaba a Julián con un arma directo a su cabeza.

—Despierta, hermano, ya llegamos—le dijo Charlie intentándo que despertara, ya que se había quedado dormido con su cabeza apoyada sobre la puerta.

—¡No! por favor, no, —gritó Julián lleno de pánico al despertar.

—¿Qué te pasa?, ya estamos a salvo.

—¿Dónde estamos?

—Ya llegamos a mi casa, ven y te tomas algo, te pegas un baño y si quieres duermes un poco.

—Está bien, lo necesito.

Caminó hacia el interior de la casa, se sentó en un sofá viejo que tenía Charlie en su sala y se puso cómodo.

—¿Será que hay algo de aquel pueblo en las noticias? —preguntó Julián mientras encendía la TV.

—No lo creo, si algo pasó allá, fue muy reciente, tal vez nadie sepa de ese pueblo, —respondió Charlie mientras abría su nevera y tomaba un par de cervezas.

—Toma para que bajes un poco los nervios, —dijo Charlie al tiempo que le lanzaba una lata de cerveza.

—¿Que vas a hacer mañana? —preguntó Julián mientras bebía un sorbo.

—Ir a trabajar, hermano. ¿Crees que por lo que pasó no debo pagar arriendo o servicios? —respondió Charlie, sarcástico—. En la tarde iré a buscar a Mary para informar todo, —suspiró.

—Está bien. Vamos a ver a mi hermana para que nos ayude —exclamó Julián tomando otro sorbo de cerveza.

—Me voy a recostar un rato en la cama, estás en tu casa, hermano, puedes hacer lo que quieras, —dijo Charlie mientras caminaba a su cuarto—. No puedo sostenerme del cansancio —pensó tumbándose sobre la cama.

Rin, rin, rin. Sonó el despertador.

—Me quede dormido, —dijo Charlie mientras le daba fin al ruido incomodo del reloj. Se levantó de la cama y se dirigió a la sala de la casa.

—Julián, hermano, ¿dónde estás? ¿Qué pasó con este hombre? —se dijo mientras veía una pequeña nota de papel sobre el sofá de su sala.

*"¿Y esto?"* se preguntó al tiempo que lo tomaba con su mano derecha y comenzaba a leerlo:

Charlie, lo que hiciste por mi ayer fue enorme, te debo la vida, muchas gracias, tomé otro par de cervezas de tu nevera y llamé un taxi para irme a casa, quiero dormir sobre mi cama, estoy bien, no te preocupes, mañana te llamo, cuídate.

Charlie dejó la nota sobre un mesón que tenía en su cocina y se dispuso alistarse para ir a su trabajo, se bañó, se arregló, se perfumó y se puso su uniforme, llamó un taxi para que lo llevara hasta su empresa. *"No puedo llevar el auto destrozado al trabajo, mejor cuando salga lo llevo a la policía"*, pensó mientras solicitaba el servicio de transporte.

*"¿Por qué se fue Julián sin despedirse? Él no acostumbra hacer eso"*, pensó con su mirada perdida durante todo el trayecto hasta su lugar de trabajo.

Bajó del vehículo lentamente aún con su vista disipada, se quedó un momento pasmado detallando la gran empresa automotriz, *"¿será que las personas que fueron a la fiesta están trabajando?"*, se preguntó dando unos pasos cortos en dirección a la entrada. Se detuvo nuevamente y dirigió su mirada dudosa al piso.

*"¿Qué pasó con los que estaban heridos?, será buena idea ir a declarar lo que vi, ¿pero a quién y que le voy a decir?"*, pensó llenándose de angustia al tiempo que continuaba estupefacto sobre la puerta de la entrada.

—¿Qué pasa, Charlie, ¿vienes? —exclamó uno de sus compañeros que pasó a su lado y atravesó la entrada principal de la empresa.

—¿Gutiérrez?, —él no estaba en la fiesta, exclamó mientras entraba lentamente y caminaba en dirección a su cubículo.

Dio varios pasos por el pasillo principal del salón recibidor, hasta llegar a la parte posterior donde se ubican los cubículos de los mecánicos, pasó por varias estancias tratando de observar detalladamente las personas, *"no hay nadie de la fiesta"*, pensó sin detener su pasó. Lentamente caminó por algunas zonas que casi no frecuentaba con la intención de averiguar por algunos de sus compañeros. *"¿Será que están en el hospital?"*. En medio del pasillo principal logró ver a Gutiérrez de espaldas.

—Oye, Gutiérrez ¿de casualidad has visto alguna persona de las que fueron a la fiesta del señor Cortés el fin de semana? —preguntó a unos pasos de él.

Un poco asustado, Gutiérrez dio un pequeño salto para girar rápidamente en dirección a Charlie.

—Charlie, me asustaste, —exclamó exaltado—. La verdad no he visto a nadie, creo que algunos se han reportado enfermos, —contestó al tiempo que su mirada se centraba sobre la puerta a unos metros atrás de Charlie—. Ah, mira, ahí está el señor Alberto Cortés, creo que él estaba en la fiesta, —continúo diciendo sin apartar la mirada sobre el hombro izquierdo de Charlie.

Visiblemente espantado, Charlie comenzó a sentir un frío escalofriante en su interior, su espalda se tensó, un nudo en la garganta evitó que pudiera pronunciar palabra alguna, pasó un trago de saliva y de la forma más despaciosa que pudo, giró su torso hasta quedar frente a frente al señor Alberto Cortés, quien se acercaba con pasos firmes directo a donde se encontraban.

*"¿Está bien?",* pensó Charlie con la boca abierta, *"no tiene ni un rasguño, ¡sus ojos están en su cara!",* continúo intrigado al tiempo que contenía la respiración.

—¿Qué pasa, Charlie?, parece que viste a un fantasma, —exclamó Alberto Cortés mirándolo a los ojos sin detener su marcha en dirección a su oficina.

"No recuerdo que sus ojos fueran así", pensó Charlie con la boca abierta, mientras observaba los pasos del señor Cortés dándole la espalda hasta llegar a la puerta de su oficina.

Charlie anonadado, lleno de dudas, angustia e incredulidad exclamó.

—¡¿Dónde mierdas estoy?!

# EPÍLOGO

Jefatura de policía de Ciudad capital, varios kilómetros al suroeste de LostVille.

Hora local: 12:00 a.m.

El oficial Brandon Chay, no podía ocultar su rostro de aburrimiento al estar sentado frente a su computador, intentando buscar minas en un juego de su laptop mataba el tiempo, pretendiendo distraer su mente hasta que llegara la luz sobre el horizonte de su oficina que demarcara un nuevo amanecer; esa noche le correspondía supervisar la zona de tecnología y vigilancia de la jefatura.

*"Que buena noche"*, se dijo mientras se recostaba sobre el espaldar de su silla y comenzaba a fregar sus ojos

con los dedos de su mano derecha, inclinó su rostro frente a su escritorio un poco somnoliento, con los ojos entrecerrados y su boca abierta en un gran bostezo silencioso, *"como me gustaría que pasara algo interesante en esta ciudad"*, susurró en un tono bajo. Su tarea nocturna consistía en prestar atención a las alertas ciudadanas, las cámaras de vigilancia, los teléfonos y las llamadas por radio del personal.

Rin, rin. Sonó uno de los teléfonos de emergencias.

Brandon impulsó su silla de rodachinas hasta la esquina de la mesa donde se encontraban los teléfonos ubicados de forma lineal.

—Jefatura de policía de ciudad capital, habla Brandon Chay, oficial a cargo. ¿Cuál es su emergencia?

—Buenas noches, soy Jackson Mont, quiero reportar un evento.

La voz del señor Jackson se escuchó agitada.

—Dígame, señor Mont, ¿qué es lo que sucede?

—Yo soy ganadero, vivo a las afueras de la ciudad, por la salida de la utopista norte, tengo un problema.

Su voz se detuvo un segundo debido a sus constantes inhalaciones.

—Trate de tranquilizarse, señor Mont.

—Está bien. Dos de mis vacas han sido destripadas hace un momento, comencé a escuchar mucho ruido en el corral, tomé la linterna y salí a revisar, caminé hasta el corral del ganado y cuando llegué, encontré dos de las vacas más grandes, ¡muertas! Al principio pensé que había sido un puma, pero cuando revisé la herida en el vientre de una de ellas, me di cuenta que, en lugar de sus órganos desgarrados, encontré piedras, —suspiró.

—¡Piedras! —expresó Brandon sorprendido.

—Sí, señor agente, piedras, eso no lo hace un puma, esto lo hizo otro tipo de criatura.

Brandon, al tiempo que sostenía el teléfono en la llamada, tomó el radio más cercano e intentó comunicarse con el oficial Connor.

—Patrulla 86, tenemos un 9-37 a las afueras de la ciudad, por favor diríjase lo antes posible a la finca del señor Jackson Mont sobre la autopista norte.

Del otro lado del radio, se escuchó una afirmación con un poco de interferencia.

—Señor Jackson, ahora mismo se dirige una patrulla a su lugar de residencia. Por favor aguarde en la casa, cierre con llave y espera al oficial Connor que no tarde en llegar.

—Está bien, oficial, muchas gracias.

Brandon colgó el teléfono lentamente y levantó su mirada fijándola en el techo. Al intentar visualizar en su mente la escena que comentó aquel ganadero, dio un pequeño salto sobre su asiento debido al susto que le produjo el timbre de otro teléfono.

Rin, rin.

Se inclinó nuevamente con premura sobre la mesa y tomó el teléfono con ambas manos.

—Jefatura de policía de ciudad capital, Brandon Chay habla, ¿cuál es su emergencia?

—Oficial, necesito ayuda, tengo un par de vacas en mi finca, pero hace un momento, al salir a hacer el recorrido matutino, me encontré con una de las reses muerta, tenía un corte en el vientre y en su interior le habían metido piedras.

Brandon retiró la bocina de su oído y su rostro plasmó un gesto de incertidumbre, pasó saliva suavemente.

—¿Cómo es su nombre? y ¿desde qué lugar llama?

—Me llamo Franky Lane, vivo a las afueras de la ciudad cerca al parque del norte. Por favor necesito que me ayuden a encontrar al responsable.

—Sí, señor Lane, le ayudaremos, ahora mismo informo el suceso a la patrulla más cercana.

Brandon levantó nuevamente el radio para comunicarse con otra patrulla.

—Patrulla 23, habla el oficial Chay, tenemos un 9-37 cerca al parque del norte, en la finca del señor Franky Lane.

Nuevamente la radio emitió un sonido de distorsión al tiempo que entre tronidos se escuchaba: "Afirmativo".

—Señor Lane, un oficial se dirige ahora mismo para su residencia.

—Está bien, muchas gracias, oficial, aquí estaré esperándolo.

Brandon se levantó de la silla luego de haber colgado la llamada y caminó en círculos rodeando la mesa, con su mano derecha posada sobre la parte posterior de su cuello, observó los teléfonos de emergencia.

*"Esto está raro"*, pensó sin retirar la mirada de la mesa.

Rin, rin. Sonó nuevamente uno de los teléfonos.

Con sus ojos bien abiertos y sin una pizca de sueño, Brandon puso su mano izquierda sobre su pecho y caminó despacio hasta pararse frente al ruido ensordecedor que inundaba la habitación.

—Jefatura de policía de ciudad capital, habla Brandon, ¿cuál es su emergencia?

Del otro lado se podía distinguir una respiración rápida, temerosa y con un susurro tenue que parecía ser de una mujer.

—Buenas noches, Jefatura de policía de ciudad capital, —repitió Brandon intentando llamar la atención de la persona al otro lado de la llamada.

—Buenas noches, oficial Brandon, habla con Jane.

La voz salió muy débil, como si tuviera que hacer un gran esfuerzo para liberar el sonido de su garganta.

—¿En qué le puedo colaborar? señora Jane.

—Oficial, estoy mal, necesito ayuda.

—Tranquila, para eso estamos, cuénteme ¿qué sucede?

—Ok, yo vivo en el norte cerca al lago cristal ¿lo conoce?

—Claro que sí, eso queda casi sobre el otro estado.

—Sí, señor, allí, esta mañana pasó algo terrible con mis vacas.

Brandon alejo la bocina de su oreja y respiro profundo. *"No puede ser, esto ya se está saliendo de control".*

—Déjeme adivinar, señora, una de sus vacas, fue asesinada y al parecer alguien le lleno el interior de piedras.

—¿Cómo lo supo, oficial?

—Créame, no es la única persona que ha llamado esta noche a reportar ese tipo de sucesos.

Brandon caminó hasta llegar a su silla, se sentó despacio sobre ella y reclinó su espaldar unos cuantos grados, al observar la mesa frente a él, comenzó a detallar los otros tres teléfonos de emergencia.

—Tengo mucho miedo, oficial Brandon, por favor envié alguna patrulla.

—Claro que sí, señora, ya me estoy comunicando con la patrulla más cercana.

Tomó el radio nuevamente y mientras oprimía el botón para comunicarse con la patrulla 42, su rostro se tiño de angustia y preocupación, los tres teléfonos contiguos al que tenía en su oído, comenzaron a sonar todos juntos, creando una atmosfera de estrés en el ambiente y tensionando los músculos de su espalda. *"Pero ¿qué está pasando en el norte?"* pensó preocupado, *"estoy seguro que deben ser más ganaderos".*

—Central, aquí la patrulla 42 esperando indicaciones, —se escuchó proveniente del radio en su mano derecha.

Sacudiendo su cabeza en varias direcciones, Brandon despertó y se alejó de sus ensueños.

—Eee, sí, patrulla 42, tenemos un 9-37 sobre el lago Cristal, diríjase de inmediato a buscar a la señora Jane.

—Afirmativo.

Saliendo de su letargo, Brandon tomó el teléfono tembloroso y con una voz nerviosa respondió.

—Señora Jane, aguarde en su casa, ya mismo se dirige una patrulla a su vivienda.

—Muchas gracias, oficial.

*"¿Qué clase de criatura hace esas cosas?"*, se preguntó Brandon ensordecido por el ruido de los teléfonos.

Contestando llamadas y atendiendo las preocupaciones de los ciudadanos, en su mayoría de campesinos, Brandon perdió la noción del tiempo. *"Algo anda mal por aquí"*, pensó justo al colgar la última llamada que daba pasó a un silencio confortable. *"Parece que al fin se detuvo"*, se dijo al tiempo que respiraba profundamente.

Rin, Rin.

—No más, por favor, —exclamó exhausto.

—Jefatura de policía de ciudad capital, habla Brandon, ¿cuál es su emergencia?

—Sí, policía, por favor comuníqueme con la oficial Mary Hall, —se escuchó la voz de una mujer, al parecer menor de edad.

—Mi amiga acaba de tener un golpe o algo, su ojo se salió de su cara, por favor envíen a alguien, yo vivo en la avenida 1 con calle 3ª, —exclamó la joven entre gritos y angustia. Brandon estiro su espalda e intento calmar a la menor.

—No se preocupe, no cuelgue, por favor, ya enviamos una patrulla a su casa, mantenga la calma…

Brandon no pudo terminar la frase, ya que la comunicación se cortó de forma sorpresiva.

*"¿Qué está pasando con la comunicación?"* se cuestionó. Sostuvo el teléfono lejos de su oído intentando imaginar la escena que le había comentado aquella joven. *"Parece que este turno va a estar complicado"*, pensó mientras tomaba el radio.

—Patrulla 14, cambio.

—Aquí la patrulla 14.

—Necesito que investiguen un 6-11 en la avenida 1 con calle 3ª, con posible trauma ocular.

—Recibido, cambio.

Brandon estresado y muy pensativo, se levantó de su silla, caminó hasta la ventana más cercana a su mano izquierda y comenzó a divisar el horizonte a través de los edificios aledaños a la jefatura, suspiró profundo y detalló el primer haz de luz que transmitía un nuevo amanecer; al parecer con un sol amargo para los habitantes de Ciudad Capital.

*Continuara…*